MW01254236

Insurrectas

Inspirado por mujeres puertorriqueñas

Milton Brito

Josué Rodríguez

Derechos reservados
© Milton Brito
© Josué Rodríguez
santarita.puertorico@gmail.com

Maquetación y estilo:
Zayra Taranto

Correctoras:
Wilmarie Rivera
Mariangeli Rivera

Ilustraciones:
Conce Xavier Viera Figueroa/Arte Mimesis

agosto, 2020

ISBN: 978-1-942989-63-9

*A Aida Milagros Padilla Brito, por las palabras,
los abrazos y las lágrimas que quedaron pendiente*

A Elba y Eduardo por todo su amor

María de Caguas
(1510—c. 1548)

A sus nueve años se convirtió en cacica, le tocaba. La sangre de su tío Caguas corría por sus venas y fue derramada. Con ello adquirió la pesada herencia de gobernar a 2,000 taínos. Antes que llegaran los blancos, mucho antes, ella caminaba por donde quería, trabajaba por propia voluntad en la tierra, era libre de ser quien quisiera, pero en su destino le esperaba toda la crueldad de una conquista. María lideró en el infierno, la Hacienda Real Toa, donde se extinguieron los taínos.

Lo inhumano se volvió rutina y la sangre no tardó en correr. La hacienda se convirtió en un cruel experimento, donde la muerte era una dulce escapatoria para los taínos. Los encargados de la hacienda eran astutos, faltos de compasión y caprichosos. Los taínos de María pasaron de ser dos mil a ser treinta, sin importarle mucho a quienes habían llegado a "civilizar a aquellos salvajes". Todos murieron por las condiciones en que vivían: unos de hambre, otros asesinados, los demás por desgaste físico. Entre los treinta, solo dos mujeres quedaron en la hacienda. Una ya madura por los años, la otra, María, quien fue obligada a madurar quebrantando su cuerpo.

María cuidaba a su gente a espaldas de Diego, capataz de la hacienda, tal cual en algún momento hizo su madre, Isabel. Visitaba a diario las minas, para supervisar el trabajo, pero hacía mucho más que eso. Les reunía, y en alabanza y oración pedían a Atabey que les fortaleciera y sostuviera un día más. De igual forma improvisaban un batey, donde les invadía la nostalgia y revivían la libertad que tanto anhelaban. Para las dos mujeres de la hacienda la tortura no terminaba en la mina, mientras los encargados dormían, los soldados salían para abusarlas. De una de esas noches nació el secreto de María.

Ella no se sentía capaz de permitir que otros taínos fueran sometidos a esas torturas y juntas, ambas mujeres, crearon un rito de liberación. En medio de las cuerdas de cultivos y solas con la luna, cantaron a Atabey. Era su forma de conectar con la Diosa y expresarle el dolor de lo que pasarían aquella noche.

Entre gemidos y sollozos encomendaron a esta el alma del fruto en sus vientres. La compasiva muerte era un lujo que el resto de los taínos no tenía y de los pocos momentos que María tuvo control de su cuerpo y su destino.

Cuando llegó a Santo Domingo la noticia de lo que transcurría en la Hacienda del Toa, uno de los obispos de la isla vecina intervino. Guiado, no por un gesto de compasión, sino por el escándalo que esto traería a la corona. Quiso casar a María con Diego Muriel. A cambio, le prometió a este la hacienda. Diego aceptó y desde ese momento en adelante él fue el único que pudo estar con la joven cacica. Convertirla en esposa y procrear tres hijos impidió que continuara con sus ritos de liberación.

La última vez que María visitó las minas encontró a los indios en pleno tributo clandestino a las diosas. Rogaban que no les castigaran con vientos y tormentas. Contrario a otras veces, María, no se unió; solo los contemplaba, quieta. Fue entonces cuando les ordenó que callaran. Tomó el cemí y lo lanzó contra la pared rompiendo una parte. Todos se escandalizaron y creyeron que su líder había perdido su fuerza y esperanza.

Al día siguiente, María, pidió a Diego visitar a su madre en España. Mientras los taínos cargaban el barco, perplejos por el pedido de su cacica que pareció abandonarlos en el momento de su mayor necesidad. Esta les dijo en un suspiro que en la noche se refugiaran y las lágrimas que mojaron sus mejillas le dejaron saber a aquellos taínos que sus acciones no reflejaban cobardía, sino un sacrificio desesperado por liberar al pueblo.

Llegó la noche y cubrió el Atlántico. Diego y la tripulación se sorprendieron cuando los relámpagos cortaron las nubes y las gotas de lluvia comenzaron a golpear fuerte contra sus cuerpos. Diego corrió en busca de María, pero la puerta de su cuarto estaba cerrada. Entre las ráfagas se escuchaban sus gritos, pero no eran de terror, sino contundentes. Diego forzó la entrada para descubrir que María rugía con intensidad a esa imagen que ella había tallado entre las tablas de la habitación, a Aguabancex, diosa de la tempestad.

Al paso de poco tiempo llegó la noticia esperada. El barco en el que María de Caguas y Diego Muriel viajaban naufragó. La diosa había escuchado. Varios días después, el mismo huracán azotó Borikén. El castigo de Aguabancex causó destrucción en la Hacienda del Toa y permitió a los taínos escapar por la isla. El desafío de la última cacica a la diosa de la tempestad les dio la fuerza a su gente para reagruparse, rebelarse contra los demonios blancos y devolverle a Atabey lo que Dios le intentó robar...

Datos Biográficos:

María de Caguas fue la última cacica conocida de Puerto Rico. Nació en 1511, bajo la invasión española a Borinquen, años en los que su gente atravesó un atroz genocidio. Juan Ponce de León encomendó a su tío Caguas la Hacienda del Toa. Caguas, con 2000 taínos a su cargo, murió en 1519. María heredó su posición como cacica en la hacienda y quedó encargada de alrededor de 100 taínos, quienes sobrevivieron los abusos y la explotación hasta ese momento. Durante su cacicado se comenzó un experimento en la hacienda del Toa en el cual se pretendía ver si los taínos eran capaces de autogobernarse, pero rápidamente el experimento fracasó, y sus encargados aprovecharon su poder para explotar sexualmente a María.

En 1528 un obispo de Santo Domingo al enterarse de lo que ocurría en la hacienda se comunicó con La Corona y en cojunto, decidieron casar a María con Diego Muriel, el último encargado de la hacienda. Este estaba interesado en saldar la hacienda y en dominar a los treinta taínos restantes de los que su esposa era líder.

María de Caguas tuvo tres hijos con Muriel y en 1548, este los envió en barco a visitar España. En poco tiempo el barco naufragó abatido por un huracán.

Celestina Cordero
(1787-1862)

1817

Vestida con mis mejores ropas y unos zapatos de tacón que me prestó la mamá de una de mis niñas, entro a un salón del Cabildo. En él, me esperan en una mesa larga cinco blancas caras largas, las cuales decidirán si se me dará algún estipendio para poder mantener la escuela que levanté con mi hermano. Me siento frente a sus miradas penetrantes, confundidas. Miradas que tratan de ponerme en mi sitio. Miradas que son familiares.

—¿Y usted es? En mis actas se indica que Celestina Cordero está supuesta a presentarse ante nosotros con una solicitud para su escuela. —¿Usted qué hace aquí? —preguntó el hombre al centro de la mesa, sumamente confundido.

—Yo soy Celestina Cordero. Vengo ante ustedes para solicitar ayuda para la escuela donde enseño.

—¿Y quién la autorizó a usted a enseñar? ¿Tiene una carta firmada por su dueño?

—Disculpe señor, soy una mujer libre y llevo enseñando muchos años. Empecé dándole clases a mi hermano, con quien trabajo en la escuela. Hoy por hoy, tenemos a 115 alumnas.

—Entonces señora, ¿usted pretende inventar una escuela sin ninguna preparación ni facultad y enseñar sabrá Dios qué, y que nosotros le otorguemos dinero para 115 niñas? ¿En qué lugar cree que está? —preguntó uno de los hombres mientras el resto esperaba que me levantara y me fuera.

—Con todo respeto señor, yo llevo quince años enseñando y cre...

—Es todo, espere afuera mientras deliberamos. Me interrumpió el hombre sentado al centro.

Luego, un oficial, indignado por mi presencia, me entregó la decisión. Salí del Cabildo y abrí la carta camino a casa y la cerré enseguida. Traté de contener las lágrimas, pero la desesperanza mata. Mi petición fue denegada.

1819

Es mi tercera visita al Cabildo. Esta vez las nenas de la escuela me arreglaron. Trajeron vestidos de domingo de sus mamás y hasta de sus amas, zapatos de tacón, cepillos y cosméticos. Luego de terminar las enseñanzas del día me llevaron al saloncito y me arreglaron. Me siento extraña, no me reconozco en el espejo, pero al llegar al Cabildo el oficial de entrada me detuvo.

—¿Qué quiere usted de nuevo señora? ¡Ya sabe que no puede seguir viniendo sin una solicitud oficial! ¡Váyase!

—Señor, solo permítame dirigirme a sus superiores. La escuela necesita continuar abierta por el bien de esas niñas, por el bien de todos.

Luego de insistir y esperar lo que pareció una eternidad, el oficial notificó a sus superiores. Escuché a lo lejos la conversación: "¡Ahí está la misma negra de nuevo!", "¡supuestamente es maestra, pero no entiende lo que significa la palabra no!".

A pesar de saber que la lucha estaba perdida, algo me mantuvo allí. Me negaba a ser rechazada así porque sí. Unos minutos después salió el oficial.

—Señora, no pueden atenderla. Si va a volver, tendrá que tener una solicitud oficial o tendremos que detenerla.

1820

Estoy aquí, de vuelta a este edificio. Esta vez no me arreglé. Me quedé con mi ropa de maestra, una camisa, una falda blanca y un paño en la cabeza. Me voy a sentar en la misma silla de la primera vez que vine a este lugar. Las caras que me esperan son diferentes, aunque con la misma mirada. Miran serios, agitados, indignados, confundidos. Yo, les devuelvo la misma emoción, sin bajar ni un segundo la cabeza. No desvío la mirada, no busco esconderla.

—Entiendo que esta no es su primera vez aquí. Me temo le haré las mismas preguntas que ya le han hecho ¿Quién la autorizó a enseñar?

—Mis padres me enseñaron casi todo lo que sé, y desde que tengo memoria estoy enseñando. Muy temprano entendí que el conocimiento que recibí era para compartirlo con todo el que pueda. Comencé a los catorce años, en 1802 exactamente, a enseñarle a niñas. Niñas de todos los hogares, niñas libres y esclavas, niñas con familia y niñas huérfanas, niñas negras y blancas, a todas por igual.

—Aquí dice que usted está pidiendo que se le reconozca oficialmente como maestra, ¿no cree usted que ya es suficiente? Tiene la escuela, tiene estudiantes. Le regalaron la libertad.

—¿Qué más necesita? Habló con autoridad uno de los cinco hombres que ya no aguantaba más mi presencia.

Me quedé pensando en esa pregunta, que no me habían hecho antes. ¿Qué más necesito?

—Saben señores, con todo el respeto que se merecen, no importa. Yo vine a que se me reconozca como lo que soy, antes que ustedes ocuparan esas sillas, maestra en propiedad. Independientemente de su decisión, mis estudiantes me seguirán esperando cada mañana, como han hecho todos mis días. Me recibirán con ansias de aprender y sin importar lo que ocurra aquí. Yo llegaré con igual deseo de enseñar. Lo único que les pido es que la decisión que tomen sea una rápida. Tengo que preparar la clase de mañana...

—Es todo, puede retirarse y le enviaremos una carta con la decisión. Como de costumbre me interrumpió el hombre sentado en el medio de la mesa.

Al recibir la notificación, abrí la carta y la cerré al momento. Esta vez no traté contener las lágrimas. Mi petición fue concedida, soy maestra oficialmente. Las lágrimas no son solo de felicidad, también tengo miedo, sé que esta lucha apenas comienza.

(El 3 de julio de 1820, Celestina Cordero es nombrada maestra en propiedad).

Datos Biográficos:

Nació el 6 de abril de 1787, y es una de las figuras más importantes en la lucha de la educación de la mujer en Puerto Rico. En un momento en el que la mayoría de las negras y negros eran esclavos, sus padres eran libres. Luego de haber tenido la oportunidad de una educación primaria, le enseñaron a Celestina y a sus dos hermanos a leer y escribir. Asimismo, le enseñaron a todas las niñas y niños del barrio que pudieron. De esos años de niñez nació una pasión por los libros y un gran amor por la enseñanza.

Celestina y su hermano Rafael Cordero fundaron en San Juan la primera escuela para niñas de todas las razas. En 1817, solicitaron una dotación económica ante el Gobierno Supremo luego de muchos años de funcionamiento y con una matrícula de ciento quince niñas. Su escuela fue una de cinco con las que contaba San Juan, aunque no era reconocida por el gobierno.

Años después, volvió para solicitar que se le reconociera como maestra oficial, lo cual se hizo realidad el 3 de julio de 1820. Celestina Cordero murió el 18 de enero de 1862.

Ana María
(1803-desconocido)

Todos los jueves antes de caer el sol, Belén Torres y la joven Ana María se encuentran en un valle que colinda con la desembocadura del río Cibuco. Sentadas al borde de una Ceiba, miran el agua pasar, libre, entre cada obstáculo, hasta mezclarse entre otras aguas y convertirse en un cuerpo más grande.

Eso era lo más atrevido que hacía Belén, compartir un rato con Ana María. Juntas imaginaban un mundo en donde el miedo fuera tan lejano como las historias que contaba la mamá de Ana sobre su niñez en Sierra Leona. Un mundo donde ambas podrían escapar y llegar a ser algo más grande.

1.   Hacienda Cibuco, 1820

Mi nombre es Belén Torres y aún me pregunto cómo termine aquí. Atada a este demonio, Rafael, por promesas hechas a Dios. Ambos con las manos manchadas de sangre.

De niña, nunca soñé con tener una hacienda en Vega Baja y casarme no estaba en mi lista de prioridades. Nunca imaginé ser dueña de alguien ni jugar a dar latigazos.

Rafael gritó, ya estaba cansado de quebrarle la espalda a los cimarrones capturados en la mañana y quería castigar a Ana por tratar de ayudarlos. Quería que les diera una y otra vez.

Dejé caer el látigo en el mismo momento que sus rodillas dejaron caer su cuerpo. Me arrastré manchándome el traje, no quise dejar al olvido ni una sola gota. Mi vestido fue el espejo de mi alma. Pude comprenderlo... lo único bendito en esta maldita tierra era ella...

Ana María era la última adquisición de la hacienda. Rafael la compró, casi regalada, ya que nadie la quería, por rebelde. Le costó quince escudos. Fue traída a Puerto Rico a los cinco años, y aunque es arisca Rafael dice que él puede domarla. La llama "tierra", "negra tierra". En las tardes la obliga a limpiarle las botas y en las noches la toma a la fuerza dominándola en frente mío.

Le enreda su mano sucia en el cabello, desata el nudo en su cintura mientras trato de encontrar su mirada para compartir su dolor. Después de cada acto, el silencio me hace cómplice.

Mientras él duerme, voy con Ana María a orillas del Cibuco, con un miedo terrible de ser encontrada. Trato de limpiar sus heridas, intento borrar el recuerdo de todo. Mis manos tiemblan, y ella las sostiene. No sé de dónde saca la fuerza ni por qué nos une tanta complicidad; esta noche fue ella quien curó mis heridas. Mientras miramos el río correr, Ana comenzó a hacer ritmos de bomba con unas maderas, y entre un coro y otro y sin darnos cuenta, desaparecimos.

Me dijo que esa fuerza que no logro entender sale del "pum pa pum" de los tambores. Ella los dirige de vez en cuando. Ese eco, esa profundidad, ese golpe conecta con la tierra en donde nació, con su madre, con sus espíritus y ancestros, y no la dejan caer, aunque estuviera tirada en el piso.

Rafael la sigue llamando tierra; ¿y qué es ser tierra, que es la tierra sino su sostén; la que la alimenta, la que recoge su sangre, su sudor, sus lágrimas? La que baila con ella cuando guía al tambor. Acostada al lado de mi esposo pienso en ella; ¿seguirá cerca? ¿Habrá escapado? ¿Sabrá a dónde ir? El golpe en la puerta interrumpe mi silencio:

"Esta esclava fue encontrada corriendo a las afueras de la hacienda" —exclamó agitado el encargado de velar esa noche. Rafael le pidió que la dejara en el cuarto. La rutina comenzó cuando él le gritó tierra, y ella sonrió tenue, retante. Sabía que era cierto lo que él gritaba. Él se llenó de ira; le arrancó la falda, la tiró encima de mí, y continuó rasgando su ropa. Yo, traté de devolverle valentía, pero me perdí en sus ojos. Su sangre salpicaba mi cara... Ana enterró años de tortura en la daga que hundió en el pecho de Rafael... Jamás había sentido tanto miedo, pero justo antes de que gritara me lancé sobre él y cubrí su boca. Ana María se paralizó mientras luché con aquel demonio que iba perdiendo fuerzas. Sabía que si alguien escuchaba sería el fin de ambas. Le susurré desesperada que corriera, y Ana desapareció en la noche...

Adiós a la cimarrona

Han pasado cincuenta y dos años, de Ana María solo queda el recuerdo. Quiero culminar mi vida dejando ir lo único que la ata. No me perteneció nunca, mantuve viva la esperanza de un día volver a verla.

{El 4 de agosto de 1872, en el periódico La Gaceta de Puerto Rico se anuncia que doña Belén Torres le devolvió la libertad a su esclava Ana María}.

Datos Biográficos:

La historia de Ana María es una basada en datos encontrados en el periódico La Gaceta de Puerto Rico (1806-1902). Sobre ella se encuentra un anuncio en el que se enaltece a Belén Torres, aparente dueña de la esclava, por liberarla en 1872. El texto es inspirado en las voces de miles de mujeres que vivieron la esclavitud en Puerto Rico, las cuales lucharon incansablemente por sus vidas y su libertad, pero la historia dispuso conscientemente no documentar y fueron olvidadas. Hoy honramos la vida de estas mujeres de las cuales heredamos tanto y sin las cuales no seríamos quienes somos.

La Cátedra de Mujeres Negras Ancestrales sirvió de gran motivación a los autores de este libro para celebrar la vida de mujeres como Ana María, Celestina Cordero e Isabel Oppenheimer.

La Cátedra de Mujeres Negras Ancestrales está dirigida por Yolanda Arroyo Pizarro y responde a la invitación de la UNESCO de celebrar el Decenio Internacional de los Afrodescendientes 2015-2024. En la misma se estudia la historia de la esclavitud en Puerto Rico desde una óptica de educación antirracista.

Mariana Bracety
(1825-1903)

La señora Catalina, mi nana, me hablaba de un país creyente de Dios y seguidor de Jesús. Con ella iba a la iglesia todos los domingos. En tiempos en los que mi papá moría en sus batallas cada día y mi madre se perdía en sí misma. Lo poco que me alegraba era estar en el templo entre las faldas de nana. Afuera de la catedral, el mundo que nana creaba para mí se deshacía como hielo en el desierto. El verdadero país donde vivía se meció en los brazos de la guerra; y si es que la gente se transforma por su entorno, ya yo era un millón de cañones, de lágrimas silentes, de hombría inútil; y la contradicción entre mis mundos tomó mi fe como rehén.

En tres campanadas ya tuve la edad para ser reclutado. Me llevaron a la Conchinchina, la invasión en Vietnam de la que fui parte. De esa invasión aprendí mucho: a odiar porque sí, a desear el mal a personas que no conocía ni entendía, a disfrutar del sufrimiento ajeno; único recordatorio de que era capaz de hacer sentir a alguien, aunque no fuera ideal. Mi nuevo yo cobró fuerzas y luego de varias batallas regresamos a Puerto Rico. Una revuelta nacionalista había tratado de liberar al país de nuestra invasión. La llamaron el Grito de Lares. En esa pérdida y gracias a una señora con brazo de oro, recuperé mi fe...

La primera vez que la vi quedé deslumbrado. Estaba con mi batallón a caballo, camino a algún rincón de Lares que no recuerdo. La misión del día estaba clara, arrestar a una mujer; y fue ella a la primera y única mujer que arrestaríamos, Mariana Bracety.

La doña estaba acusada de conspiración sediciosa, por participar de los intentos de revolución. Decían que ella cosió el símbolo de la revolución, con hilos dorados. Inspiró a mucha gente a rebelarse. Despertó a la gente regalándoles una señal para luchar.

Con sus machetes pretendieron derrotar a uno de los ejércitos más fuertes del mundo. Ella, fue una amenaza para la Corona.

La imaginaba joven, maleducada, desarreglada, una guerrillera como tantas que vi en Madrid y en Vietnam. Una francesa del Caribe. Cuando llegamos a su casa, el líder de la tropa gritó su nombre "¿Dónde está Mariana Bracety?..." A los pocos minutos abrió la puerta y todos quedamos perplejos. Era una mujer altísima, más alta que muchos de nosotros. Tenía el cabello largo en dos trenzas bien preparadas. Vestía una falda negra y camisa blanca con un peculiar sombrero. Nunca olvidaré las primeras palabras que le escuché: "¡No voy a ningún lugar sin mis hijos...!"

El batallón invadió la casa de madera, por alguna razón yo solo podía ser compasivo con ella. Traté de que el momento fuera menos violento que de costumbre. Mientras ella organizó junto a sus hijos las cosas que llevaría a la cárcel, los demás soldados deshacían la casa entera en busca de evidencias que la incriminaran en los sucesos. Alguna bandera, tela, algo.

Sin mirarla a los ojos le amarré las manos y no fui quien de decir palabra alguna. De ahí comenzó su camino al calvario, su vía crucis. Entre los valles y montañas caminó a su nuevo espacio. La gente del pueblo le gritaba, la insultaba y trataba de humillarla.

Ella caminaba con su cabeza en alto, no cedió ante amenazas, maldiciones ni escupitajos. Cuando llegamos a la casa del Rey en el pueblo donde Mariana se quedaría, nos esperaba una multitud iracunda. Le tiraban con objetos y al igual que nosotros, la daban por culpable de "El Grito de Lares".

Me asignaron observarla, día y noche y buscar alguna señal; estar pendiente a cada gesto, cualquier movimiento sospechoso sería suficiente para darle la pena máxima. Para mí fue un placer verla, no me enamoré de ella, no se trata de eso. Su esencia, su espíritu me eran familiares. Todos los días ella se levantaba temprano y le preparaba de comer a todas las personas que estaban allí presas, incluyéndonos a nosotros. Se veía un tanto cansada y triste. Se decía que su esposo también estaba preso y este cargaba con una enfermedad que le preocupaba mucho a la señora, ya que no sabía quién se ocuparía de él.

En las innumerables veces que solo la miré, aprendí mucho de las clases que les daba a sus hijos en aquel pequeño cuarto. Le impartía clases de español y catecismo. Sus explicaciones me mecían suavemente, se sentían llenas de amor, de paciencia y esmero por hacer de esas pequeñas personas ciudadanos de provecho, me transportaban de vuelta a aquella catedral de mi niñez y podía dormir en paz.

Tenía un sueño recurrente donde la veía ondear su bandera, roja y azul clara, atravesada con blanco.

En el sueño la escuchaba gritar: "¡Yo no voy a ningún lugar!". En el mismo, yo guardaba su espalda, usando mi arma en contra de cada persona que se atreviera a hacerle daño; personas del pueblo y también soldados de España. Juntos recorríamos la isla entera, una al lado del otro, repartiendo la bandera de la rebeldía, la mala bandera.

Me desperté del último de esos sueños con una fiebre tan alta que creí que me mataría. Ya no sabía si el sueño recurrente no fue más que una alucinación por el calor. Cuando abrí los ojos, ella estaba ahí, frente a mí. Yo estaba acostado sobre su falda negra. Ella tenía un pañito húmedo en mi frente y cantaba una canción de cuna: "despierta borinqueño que han dado la señal..." Se acercaba el fin de mi vida... y en sus ojos volví a transportarme a los ojos de Nana, lo único dulce que tenía en mi interior. En ese recuerdo, y en sus brazos de oro, descansé de la guerra. Fui libre por primera vez.

Datos Biográficos:

Mariana Bracety nació en Añasco, en 1825. Contrajo matrimonio con Manuel Rojas, uno de los líderes de la revolución independentista del país. Junto a su esposo y muchos otros, liderados por Ramón Emeterio Betances, organizaron en la Hacienda "El Triunfo" el Grito de Lares. En este, Mariana no solo fue una de las más importantes colaboradoras, también bordó la primera bandera nacionalista. Esto le ganó el apodo "Brazo de Oro".

El 23 de septiembre de 1868, Mariana salió en nombre de la revolución en un grito por la libertad en el pueblo de Lares, evento que conmemoramos aún en el presente.

Al día siguiente las fuerzas españolas intentaron apagar el movimiento y arrestaron a Bracety, junto a otros revolucionarios.

Mariana falleció en el 1903.

Ana Roqué de Duprey
(1853-1933)

"Meto las manos en mis bolsillos para que no se dé cuenta que me están sudando. Trato de concentrarme y no despegar la mirada de la suya. Mi padre es muy observador. En casa es él quien tiene el sexto sentido, y nosotras apenas existimos. Hablar es un ejercicio donde tenemos que medir las palabras y mucho más si se nos ocurre enredarlas con medias verdades.

—Así que van, ¿hacen lo que vayan a hacer y regresan, verdad? —preguntó mi padre.

—Así es, señor. No nos tomará mucho tiempo la decoración del cuarto de Angélica.

—¿Y sus padres te esperan?, continuó interrogando como quien tiende una trampa.

—Sí padre. Disculpe, sí señor.

Me atacaron los nervios. Los ojos de mi padre eran tan oscuros que parecían vacíos. Después de los ocho años exigió que le llamáramos "Señor" en vez de padre. Así pretendía hacer claro su rol familiar y social.

—Yo, le preguntaré a Eduardo la próxima vez que me lo encuentre en el mercado. Lo menos que quiero es que estén diciendo que mi hija es una presentá o cachetera. Y aquí todo el mundo habla de más.

—Gracias Señor, ya verás que...

—¡No he terminado!

El odia que lo interrumpa, odia que otras personas se atrevan a decir algo, más allá de "Sí, Señor".

—No entres a la casa sin antes ser invitada. Saluda con respeto, y si te vas a sentar, siempre con las piernas cruzadas. No levantes la voz en la casa, y a menos que absolutamente todo el mundo bajo ese techo esté comiendo, tú no aceptes nada. No crié ninguna afrenta. Te comportas como la señorita que eres. Y no le dirijas la palabra a Eduardo ni a su hijo, a menos que ellos te la dirijan a ti.

Asentí con la cabeza para no meter la pata. Estoy tan cerca del permiso que el estómago se me hace un nudo y si abro la boca no serán palabras lo que salga.

—Vaya pues, Dios y la Virgen la acompañen.

Entro a la cocina para despedirme de mi madre, quien con un silencio obediente prepara los alimentos. Se seca las manos con su delantal y me mira a los ojos. Pero estos ojos son distintos, en ellos veo esperanza.

La esperanza que me brindan sus ojos hace que sienta presión, parece como si depositara en mí toda una vida de sueños incumplidos. Como si en mí viera las posibilidades de tener las experiencias que ella no tuvo. Aún mirándome, me hace la señal de la cruz en la frente, la sella con un beso y sigue cocinando.

Victoriosa y sin toparme con mi padre salgo de la casa. En la esquina de la calle me espera Angélica.

—Ya era hora chica. Vamos tarde.

Caminamos con prisa, tensas, pero sin abandonar la delicadeza con la que se supone nos movamos. Mucha gente nos conoce en la calle y si llegase a mi padre que andábamos corriendo como un par de rufianes vería mi casi inexistente libertad aún más remota.

Angélica saca de su bolso una libreta y un lápiz para mí. Yo los agarro con los mismos nervios y precaución con que un soldado toma un arma antes de ir al frente de batalla.

—¿Qué le dijiste a tu padre que íbamos a hacer? —me preguntó Angélica.

—Que íbamos a decorar tu cuarto... —le contesté con franqueza, nada mejor se me había ocurrido.

Angélica revienta en una carcajada, pues ella no es de esas a quienes les importan las fachadas. Ella es un poco más práctica.

—¿Pero tu padre sabe, verdad? Mira que el mío dijo que le iba a preguntar...

—Tranquila *mija*. Papi fue el que me dijo que te invitara. Él no tendrá ningún problema.

Con esto, Angélica me calma un poco, pero aun así me siguen sudando las manos, no tanto por mi padre, si no por no saber lo que me espera. Las mujeres de mi familia y básicamente la mayoría de las mujeres que he conocido nos manejamos en rutinas pasadas de generación en generación como si fueran la palabra última de Dios.

Al llegar a su casa quedé confundida. No era lo que imaginaba cuando escuchaba sobre las historias de las clases de Ana Roqué.

—¿Estás lista?, me pregunta Angélica con una sonrisa como si supiera que no volvería a ser la misma después de este día.

Angélica toca la puerta, sin saber quién vendrá a abrirla, ¿será la mujer que le enseñaba a los hombres sobre las estrellas y el espacio y se dedicó a conocer la naturaleza puertorriqueña mejor que todos, la que levantó escuelas y universidades? No sé qué pensar.

Abrió la puerta una joven unos años menor que nosotras. Llevaba el pelo recogido y las manos manchadas con pintura, pero nos invitó a pasar con una firmeza que no había visto en mujer alguna. Angélica la saludó y me agarró del brazo para que entrara porque mis pies permanecieron quietos a la entrada.

La niña nos dirigió por una puerta que daba hacia el sótano. Bajamos las escaleras y me topé con algunas mujeres trabajando, pero aquellas no eran guiadas por la obligación. Éramos como diez. Reímos, hablamos, pintamos carteles que decían: "¡Este es nuestro momento, esta es nuestra voz y exigimos el voto!". Cuando al fin la vi, Ana me acercó con una sonrisa y un abrazo, como si me conociera de toda la vida.

—Espero hayas traído otra ropa porque te vas a ensuciar.

Me quedé sin palabras y ella se rió.

—¿Estás lista para despertar?

La miré a los ojos y le dije que sí. En su mirada vi el reflejo de una fuerza que no sabía que tenía. En aquel sótano oscuro, por primera vez vi el futuro brillar."

Datos Biográficos:

Ana Roqué nació el 18 de abril de 1853, en Aguadilla, Puerto Rico y murió en Río Piedras, en el 1933.

Cuando su madre falleció, su abuela y su padre se encargaron de su educación. A los trece años, Ana Roqué, por el cierre de la escuela en la que participaba, tomó las estudiantes y abrió la suya. A los veinticinco escribió un libro de texto titulado: *Elementos de geografía universal para la enseñanza primaria elemental y superior*, texto que se utilizó por muchos años en las escuelas de Puerto Rico. En años siguientes escribió dos nuevos textos educativos.

En 1878, se mudó a San Juan, donde en la terraza de su casa ofrecía conferencias de astronomía a los intelectuales de la época como Alejandro Tapia y Manuel Fernández Juncos.

En el 1887 comenzó a escribir novelas, alcanzó a escribir unas treinta y dos durante su vida.

Roqué ejerció el magisterio por veintitrés años en las escuelas públicas en los pueblos de: Humacao, Mayagüez, Vega Baja, Quebradillas y Ponce. A su vez, fue maestra en escuelas particulares como el Liceo Ponceño, el cual fundó en 1903, y donde asumió la dirección por cinco años; así como el Colegio Mayagüezano, en 1902. Más tarde obtuvo el permiso del Departamento de Educación para enseñar todo el Bachillerato.

Ana Roqué publicó varios periódicos dedicados a promover la cultura y los derechos de las mujeres como: *Euterpe*, *La mujer*, *La evolución*, *El Alba Puertorriqueño*, *La Mujer del siglo XX* y *El Heraldo de la Mujer*.

Logró junto a muchas otras mujeres el derecho al voto en el 1929, aunque particularmente se concedió a mujeres mayores de 21, que pudieran leer y escribir.

A sus 89 años, Ana Roqué, fue a votar pero no encontraron su nombre en ninguna de las escuelas a las que acudió.

Después de haber dedicado su vida a la lucha por la igualdad, la educación de la mujer y el derecho al voto, a esta se le dio a firmar un afidávit, el cual creyó como su primer voto.

Luisa Capetillo
(1879 – 1922)

Danny es el segundo de cuatro hijos. Es curioso por naturaleza y demasiado delgado, tanto que algunos dicen que no se cría. Los sábados juega a ser *Captain Marvel*, mientras los hermanos se reparten al resto de los *Avengers* y juegan a salvar a Coquito, el perrito de la familia. Danny es el más extrovertido en la casa. Es amado inmensamente por sus padres, quienes lo cuidan más que a ninguno.

En el campo de guerra, la escuela San Vicente de Vega Baja, la historia es otra. Danny es el más tímido en su clase, y está en alerta constante por las granadas de palabras que no se lleva el viento. Sin embargo, este lunes no será más de lo mismo, hoy tomó una decisión radical.

—Recuerden que tienen hasta hoy para decidir cuál persona reconocida van a interpretar para el recuento de lo sucedido el pasado mes de julio. Y ya les dije, Bad Bunny, David Begnaud y Caserola Girl ya están tomados. Y por amor a Dios, no me hagan repetirlo, ¡Anuel no va!

Los estudiantes y sus madres y padres estaban locos con la idea. Sería como *Halloween*, en el que competirían cúal estudiante se veía más espectacular, además de usarlos como portavoces de sus propias opiniones sobre el *chat*, el gobernador y el pueblo.

Danny se quedó en silencio, ignoró la algarabía de sus compañeros que pensaban a quienes imitar y se entretenían entre las posibilidades. Se imaginaba cantando como universitario, pidiendo la renuncia de Ricky o bailando un perreo combativo, como su hermano le contó, pero decidió mejor viajar en el tiempo. Él tenía un plan...

—Danny, ¿a quién seleccionarás? —preguntó Miss Colón intrigada.

—Luisa Capetillo.

Las granadas comenzaron a caer sin compasión, "qué pato" coreaban unos, mientras que otros confundidos no sabían quién era ella. Cuando la maestra terminó de explicar quién era Luisa, un mar de risas descontroladas y de burlas despiadadas trató de ahogar a Danny.

—Silencio.

La maestra levantó la voz, e ignorando lo sucedido continuó:

—*Okay* Danny, me parece interesante tu selección, la permitiré. Jaime, ¿a quién escogiste?

—¡A Molusco!

En la casa, Danny necesitaría reclutar aliados para comenzar el revolucionario proyecto. Y qué mejor aliada que su madre, quien pintó banderas de Puerto Rico en la cara de sus hijos cada uno de los días en que marcharon. Hasta lo cargó a él y sus hermanos cuando la policía tiró gases, aquella tarde en el Viejo San Juan. Seguro de su decisión, fue a donde su madre para tratar de convencerla.

—Mami, ya tengo personaje para la semana de la puertorriqueñidad.

—Ah sí, ¿quién será? ¿No me digas que escogiste a Luis Fonsi? —preguntó impaciente.

—Luisa Capetillo.

Su mamá permaneció en silencio por unos segundos. Recordaba las lágrimas que secó y las heridas que sanó a causa de los abusos escolares. El miedo le pasó por la mente. No por la selección de Danny, eso la enorgulleció, si no por las repercusiones que vendrían y fingió estar lista para redirigir su rumbo de forma sutil.

—¿Me ayudas mami?

—¡Claro que sí, mi amor! —contestó sin pausa.

—Tenemos que ir al pueblo a comprarte los pantalones y el saco.

—Tengo una idea diferente y sé que abuela estará emocionada de ayudarme. Ella se cree la Stella Nolasco del pueblo —dice Danny emocionado.

—Luego, tendremos que tirarnos a Río Piedras para ver si rescatamos la historia de Capetillo, que créeme está a punto de desaparecer. Fíjate, pudiste escoger a alguien más fácil...

Danny sin saberlo, ya estaba actuando como la misma mujer de la cuál buscaba conocer más, y no cedió.

El día menos esperado había llegado. Luisa Capetillo había vuelto a la vida por ese día. Como era su costumbre, estaba parada frente a mucha gente atentísima. Su cabello recogido en un práctico sombrero, pero adaptando la idea de Danny, con una falda. Su cara parecía demasiado seria, como indignada.

Entre el público atónito se encontraban un pequeño Residente, tres Bad Bunnies, la grandiosa Ednita Nazario, y el que nunca falta, Tito Trinidad. Esto sin contar madres, maestros y la facultad.

—*Bonjour*, *Mesdames et Messieur*s! —comenzó Danny en perfecto francés.

—Soy Luisa Capetillo y nací en Arecibo, en el siglo 19. Hace dos siglos atrás inicié el camino por estas tierras. Muchos tal vez no me reconocen porque nuestra historia ha sido sobre editada y se omiten algunos detallitos.

El público quedó capturado con la introducción de Danny y entre risas y comentarios en voz baja, se mantuvieron atentos.

—A mí me encanta estar cómoda, ¡espera, miren como todas tienen pantalón en el día de hoy! ¿Será que yo soy de este siglo? Probablemente...

Unos sonreían, otros asentían con la cabeza. Danny tomó una silla y con la ayuda de la maestra Colón se trepó en ella.

—A lo que vinimos. Hoy vengo a leerles los periódicos El Nuevo Día y Claridad. Cuando terminemos los deleitaré con poesía de Julia de Burgos. Primera Plana: El pueblo clama la renuncia del gobernador Ricardo Rosselló. En la manifestación ciudadana más concurrida de la historia moderna de Puerto Rico, más de medio millón de personas marcharon. En otros temas: "Grifería en mi pelo, cafrería en mis labios".

Cuando Luisa terminó el poema de Julia, la audiencia aplaudió satisfecha. Pensaban que ese era el final de la presentación.

—Ahora lo más importante queridos compañeros. Me dirijo a cada uno de ustedes en celebración, pues lo logramos. Por primera vez en la historia puertorriqueña hemos obligado a renunciar con nuestra lucha a un gobernador indigno de su puesto. Sentí revivir, por medio de su fuerza, perseverancia y coraje cada día que salieron a las calles a exigir justicia. Pero apenas es...

Danny hizo una pausa porque olvidó lo que practicó en la semana. Su madre en el público tarareó e hizo mímicas de lo que le tocaba decir para que lo recordara.

—Apenas es el comienzo en el proceso de levantar un nuevo Puerto Rico. Uno donde el pueblo entienda que su poder no está en los colores si no en la unión de todos nosotros. Estamos cansados del sufrimiento y las faltas de respeto. Pues si sentimos dolor, de hoy en adelante no será a causa de abusos, si no de la inquebrantable lucha que nos espera en la búsqueda de la libertad. ¡No, no, no nos pararán!

El público aplaudió efusivamente. Entre dientes algunos comentaban:

—Ya entiendo porque lo relajan tanto los nenes. Yo la mamá no lo dejó hacer este *show*. Es culpa de ella por reírle las gracias.

—Mi nene es uno de los que lo molesta, pero es que... son niños, *you know*, bien sinceros.

Cuando se bajó de la silla y terminó la presentación, Danny corrió a los brazos de su mamá, la cual lloraba de la emoción, orgullosa de su bebé. Pasaron semanas del día de la presentación, y como era de esperarse, las burlas continuaron. Los insultos y bromas eran la orden del día.

— Llegó la Capetillo.

—¿El pato nos va a leer hoy también?

Pero los bombazos no lastimaban igual desde el informe. Su piel era más gruesa, cubierta por la piel de Luisa Capetillo. Mientras Danny viviera, ella continuaría luchando junto a él.

Datos Biográficos:

Luisa Capetillo nació el 28 de octubre del 1879, en Arecibo, Puerto Rico. Fue luchadora esencial en el desarrollo del feminismo y sindicalismo puertorriqueño. Logró esto desde distintos roles como intelectual, periodista, escritora, activista y líder obrera.

Educada en su hogar por una madre francesa y un padre español. Creció su deseo voraz por aprender en un momento donde enseñar a las mujeres no era una prioridad de todos. Capetillo trabajó como lectora en las fábricas de tabaco, leyendo en voz alta a los trabajadores que cortaban la caña, formando así la educación de la clase obrera.

Publicó cuatro libros, además de numerosos artículos en periódicos y revistas dejando su huella en el feminismo y en la defensa de todo. Por medio de su literatura luchó por la mujer y su derecho al voto. Ayudó a concientizar los obreros organizándolos en una lucha por mejores condiciones laborales.

Siendo vegetariana promovía el ejercicio como estilo de vida, y fue la primera mujer en usar pantalones públicamente en Puerto Rico.

Luchó por una educación libre para todos y promovía un amor libre de las ataduras machistas. Participó de movimientos activistas en New York y Cuba, hasta ser arrestada y deportada de vuelta a la isla. Aquí continuó su llamado a la justicia hasta el 1922, donde falleció de tuberculosis, en Río Piedras, Puerto Rico.

Felisa Rincón de Gautier
(1897-1994)

"Diario de Doña Fela"

1er extracto:

...Hoy mamá nos pidió a todas que comencemos este diario. ¿Y quién negaría una orden de miss Marrero? Ella dice que mañana tendremos clases de cómo sobrevivir en el hogar. Yo no me quejo porque me maravilla cómo mamá se esmera para que hagamos las cosas bien. Es verdad, yo no sé las vueltas que da la vida y mejor aprendo a poner las cosas nítidas. Pero, antes de ayer me quedé escondida debajo de la mesa en la galería. Papá se reunió con Don Llorens, Nemesio Canales, José de Diego, con Cayetano Coll y otros amigos. Hablaron de política y papá hablaba de la independencia y del orgullo de lograrla. Cada cual con respeto, sería terrible que se pusieran a pelear por este tema y yo allí metida.

Llorens interrumpió a papi con un poema sobre el amor. Cuando mamá llegó con los refrescos y la horchata aproveché y salí sin que se dieran cuenta. Me hubiese gustado que José recitara algo, me encanta cómo él lo hace, pero ya será para la próxima.

Siento que cuando estoy aquí aprendo como si asistiera a la escuela con las maestras Andreu, Sáez y Ana Roqué, que son mis favoritas...

2do extracto:

...hoy entró una mujer a hablar con papá sobre los obreros. Yo me asusté bastante porque no era como todas las mujeres que había visto entrar en la casa. Tenía una chaqueta y un pantalón; ropa de hombres. Parecía como de otro planeta, y escuché que le decían Capetillo, no sé si era su apellido o un apodo. Si yo llego a ponerme ropa de hombre mami me mata. Hablando de eso, se me había olvidado escribir que los otros días traté hacer algo de hombre. A escondidas de mami me fui a jugar pelota. Todo iba bien, hasta que la bola llegó volando y aterrizó en mi cara. Me rompió la nariz...

3er extracto:

...ha pasado tiempo desde que mami murió, por eso no he escrito nada. No sabía qué escribir. Recordar me devuelve mucho sufrimiento. Abandoné los estudios. Cuidar de mis hermanas y hermanos es un trabajo de tiempo completo. Se lo debo a mami, se lo debo a ellos. Siendo honesta conmigo, en este momento el amor de estos niños es lo que me mantiene de pie, pero esto no es algo nuevo. Recuerdo como desde pequeña cuidé a los hijos de las que ayudaban a limpiar y les conseguía siempre medicinas en secreto, gracias a que tío trabajaba en la farmacia. Algún día, espero retomar mis estudios, esa es mi esperanza, pero por el momento estoy cumpliendo mi deber y a Dios soy agradecida...

4to extracto:

...Qué nostalgia más hermosa encontrar esta libretita. Casi ni la recordaba, pero al abrir sus páginas siento que lo que plasmé en ellas lo leerás tú, madre mía. Pasé por la Bombonera y me metí por la entrada trasera de mi boutique. Hoy fue su inauguración y aunque no se me notó, los nervios me atormentaban. De algo sí estoy segura y es que los trajes que preparé están perfectos. Nueva York me enseñó muchísimo. Estarías orgullosa de saber que soy igual de determinada que tú. Aprendí solita mirando, y claro, con todos los trajes que le preparé a Cecilia para que tuviera uno nuevo para las misas, estoy más que lista. Cuando me paré frente a las personas que vinieron a ver la tienda me sentí tan feliz como el día en que preparé aquel traje tan bello para el baile de San Juan. Los recuerdos llegaron sin frenos y los pies me dolían igual que al bailar encima de la mesa de tabaco. La sonrisa y los halagos de la gente me conectaban con los jibaritos que me recitaban, me cantaban y admiraban mi vestido. Dos noches llenas de magia, dos noches casi perfectas. Solo me hacías falta tú...

5to extracto:

...ya con tantas reuniones para organizar el partido y la gente, no tuve tiempo de escribir lo maravilloso de estos días. Te cuento pues, me enfrenté a papá para inscribirme, fui la quinta mujer en Puerto Rico en hacerlo. Todo el proceso fue aterrador, pero ahora que lo pongo en letras para ti, solo es una emoción esperanzadora de que donde estés, lees mis palabras y se llena mi corazón.

He pensado mucho en ese día. En lo que significa ser la quinta mujer que pueda ejercer su derecho a que reconozcan su voz en este país. Pienso mucho en el trabajo que costó llegar aquí y en aquellas que lucharon, pero no llegaron a disfrutar de este momento. Las caritas de todas las personas que me visitan en busca de una mano amiga adornan mis días y me hacen sentir que tengo propósito. Si supieras, que hace unos días me han mencionado que debería pensar en ser alcaldesa de San Juan. Me da escalofríos pensar en la pelea con Genaro o la mirada de papá, pero estos son tiempos de cambio y quizás no solo somos nosotras las que necesitemos ayuda para hacer sentir nuestra voz...

6to extracto:

...Llegó el temporal y con él un mar de personas a buscar refugio en casa. Las caras mojadas escondían las lágrimas de muchos. Familias asustadas y sin un lugar a donde ir. No cupo un alma más en la sala. Había cientos de personas, de todo tipo y todas edades. Incluso una joven parió en mi cama. Algo irónicamente hermoso.

Quedó más gente afuera que no pude acomodar. Así que con los otros marché bajo la lluvia y vientos a buscar algún otro lugar. El corazón se me partía al ver tantas personas necesitadas. Muchas más de las que pude imaginar que mi pueblo escondía. Finalmente llegamos a una escuela cerrada. Pedí que alguien forzara la puerta para poder entrar, pero nadie se atrevió. No sé si fue el coraje que se apoderó de mí o Dios que me dio su poder, pero luego de un par de golpes abrí la puerta. Me indignó un poco ver que la gente tuvo más miedo a abrir la puerta que a pasar la tormenta en la calle. Hay momentos donde perder la compostura es la única opción razonable.

El gobierno volvió a brillar por su ausencia para ayudar a todas estas personas, pero al menos tuve el apoyo de Genaro y tomé un préstamo para darles de comer. Estas personas necesitan alguien que los ayude no solo en los momentos de tempestad, si no todos los días. Para ayudarlos a vencer sus miedos tengo que enfrentar los míos...

7mo extracto:

...son las tres y media de la mañana y estoy desvelada. Luego de un día difícil lo único que me consuela es lo hermosa que se ve la luna. Jamás pude haber anticipado lo complicado que sería lidiar con tanta gente incrédula y con agendas escondidas. La política parece más una pelea entre pandillas que una democracia. La paciencia no es mi mejor traje, pero quiero que todos los niños de Puerto Rico sientan ese calor maternal. Así que, aunque sea yo misma la que construya las Escuelas Maternales, estarán de pie antes de dejar la alcaldía...

8vo extracto:

...Hoy se me han escapado las lágrimas, se me ha estrujado el pecho. Mataron a Kennedy, mataron al presidente de Estados Unidos, mataron a un gran hombre. Una bala para detener años de progreso y para atravesar miles de corazones. "Tengo fe en ti", sus palabras todavía hacen eco en mi mente. El creía en mí, nosotros creíamos en él...

9no extracto:

...entiendo que la vida no se mide por el trabajo de una y es injusto tratar de atarnos a un propósito.

Pero de todo lo que he vivido, me basta un momento para entender que todo ha valido la pena. Me basta escuchar las risas de aquellos niños al comprender que estaban recibiendo la recompensa de tantos años de lucha.

Hoy frente a ese inmenso océano Atlántico y frente a las palmas tropicales, la nieve sobrevoló los aires de Puerto Rico. Ver las sonrisas de nuestros niños me ha brindado la felicidad más genuina que he sentido. Hoy la nieve acompañó al sol caribeño.

Datos Biográficos:

Doña Felisa Rincón de Gautier nació el 9 de enero de 1897, en el pueblo de Ceiba, Puerto Rico. Fue la mayor de nueve hijos, de los que tuvo que hacerse cargo al fallecer su madre.

Al culminar sus estudios se convirtió en farmacéutica práctica, pero su interés por la alta costura la llevó a Nueva York para aprender a operar una fábrica de trajes y dominar su diseño. Al regresar a Puerto Rico, abrió "Felisa's Style Shop" y más adelante una floristería.

De chica, los temas políticos y de relevancia social eran discutidos a diario en su hogar. Creció rodeada en este ambiente, y en el 1932, cuando las mujeres lograron el derecho al voto, Doña Fela fue la quinta en registrarse.

Formó parte del Partido Liberal. En 1946, en respuesta al llamado de los líderes del Partido Popular Democrático y de las personas del pueblo fue electa como Alcaldesa de San Juan. Esto la convirtió en la primera mujer en ocupar la alcaldía de una ciudad importante en el hemisferio occidental.

Sirvió en este puesto por veintidós años, de 1946 a 1968. Luchó por los derechos políticos de la mujer, estableció programas de cuidado diurno para niños de edad preescolar, luego convertidos en "Head Start". A su vez estableció centros de asistencia legal y médica para personas sin hogar.

Gracias a las renovaciones que hizo al Hospital Municipal de San Juan, logró que este fuera acreditado por la "American Hospital Association", lo cual hizo posible que se estableciera la Escuela de Medicina en 1950.

Felisa también estableció los primeros centros municipales para el cuido de adultos mayores y los primeros centros de asistencia legal para dar servicio a personas de escasos recursos. Por sus labores fue reconocida a nivel internacional en países como: Francia, España, Ecuador, Nueva York, entre otros.

Doña Fela falleció el 16 de septiembre de 1994.

Isabel Oppenheimer
(1901-1974)

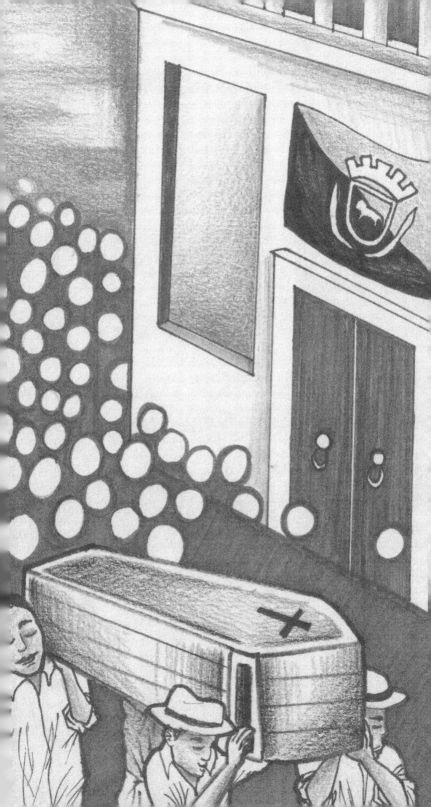

"Pienso y pienso, pero no consigo fuerzas para entrar a la catedral de Ponce. Al hacerlo, entro al territorio movedizo de una mirada angelical con lanza en mano y bajo el pie una serpiente. Sé que soy esa serpiente, impenitente, mal vista por las familias de clase. En cambio en las noches, los jefes de esas mismas familias y sus hijos me observaban con ganas de devorarme.

En la capilla hay una fila inmensa de mujeres que esperan para confesarse, de esas que se creen los cuentos de la Iglesia. Yo soy de la calle, los bolsillos vacíos dirigen mis decisiones. El amor libre me mantiene en pie. Un amor que pueda conquistar por una noche o más tiempo. Como Jesús, en algún momento, me topé con María Magdalena. Era empresaria y me prometía un techo y llenar mis bolsillos.

La fila se vació y fui al confesionario".

—Ave María purísima...
—Sin pecado concebida.

Me tiembla la voz.

—Hermana dime tus pecados.

Miro al cura, pero me quedo en blanco. Trato de no pensar en ninguno de mis peores pecados por si acaso puede leer mis ojos.

—Soy Zuly, una de las trabajadoras de *Elizabeth's Dancing Place*.

—Sé quién eres.

—Imaginará entonces, padre, que mi lista de pecados es interminable y por más que viniera día y noche nunca tendría el perdón de la Iglesia.

—Te sorprendería la misericordia de nuestro Señor con cada uno de sus hijos.

—No lo digo por Él, padre, me refiero a la gente que se sienta en las primeras filas en la misa. Esa gente se pasea frente a nuestro negocio protestando por el mal que le hacemos a la sociedad de Ponce. Lo que las damas que asisten a estas protestas no saben, es que sus esposos financian nuestros pecados. No obligo a nadie a que se acueste conmigo. Ellos lo hacen porque no pueden evitarlo, porque quieren. Son igual de culpables que yo. Detrás de mi pelo rizo y mis nalgas paraditas hay hambre, pero no hambre simbólica sino hambre real. Dolor de barriga de pura hambre. Escojo vestirme de pecado, antes que dormir otra noche sin comer.

—Sabes que aún estás a tiempo de redirigir tu vida.

—Padre, no vengo por el perdón de Dios, hoy no. Estoy aquí para el perdón de Isabel, no la Isabel de las primeras filas sino la Isabel de la última, "La negra".

—Recuerda Zuly que la salvación es individual.

—Pero Isabel está muerta padre, no pudo venir ella misma a buscar su salvación. Por eso estoy yo aquí. Usted cree que la conoce, pero solo conoce el lado que puede ver. Yo conozco su otro lado. Lo único que le pido es que permita que la velen aquí, en la iglesia.

—Pero...

—¡Antes de que diga nada, por favor padre, escúcheme!

Tapo mi escote como tonta, en una movida desesperada para que él piense que al menos soy un poco más decente que hace diez segundos.

—Adelante, hermana.

Trato de llevar al padre en un viaje a través del tiempo. Seguimos sentados en la iglesia, pero en las mentes estamos en otro lugar, en el barrio La Playa. Allí entramos en una casita humilde, pequeña, despintada; sin techo confiable. Era mi casa, en la que vivía con mi madre. Mi madre utilizaba cocaína, heroína, polvo de ángel, lo que hubiera. Nunca hubo un plato de arroz con habichuelas, ni café, ni pasteles en Navidad. Solo emparedados diarios que hacían las monjitas porque allí en la Playa nadie tenía na'.

Yo caminaba todo el día sola por el pueblo. Mi juego favorito era fingir que la gente que veía en los grandes balcones era mi familia y me estaban esperando para comer. En mi mente les decía "voy horita, espérenme".

Uno de esos días mientras caminaba con los pies todos cortados y sucios la vi. Ella me miró como nadie nunca lo había hecho, como me mira la figura de la Virgen en la catedral. No sé si con amor o misericordia, aunque ese día no me preguntó nada, solo me limpió los pies.

—Más grandecita yo, le pedí trabajo y me dijo que no. Insistí, porque quería ser independiente, ganarme un sustento. Isa aceptó, pero estaba pendiente a qué clientes estaban conmigo. Siempre se aseguraba que no fuera algún loco que se atreviera a maltratarme. No tenía hijos, así que nos veía como sus nenas. Yo la sentía como mamá. El negocio lo llevaba como una misa. Todo era un proceso. Todo tenía que ser como Dios manda, aunque suene al revés.

Ella me llevaba en sus viajes por Europa, donde visitábamos los mejores burdeles para tener ideas y para observar asuntos de calidad. Uno de esos días me enamoré de un militar gringo que visitaba el burdel todos los años. Era rubito. El hombre más alto que había visto: serio, con dientes derechitos. Parecía un querubín. Él me preñó, y ya yo me veía junto a él, en los balcones grandes del pueblo, con nuestro Manolito y abuela Isa visitando de vez en cuando. Pero, él me engañó. Se fue y me dejó destrozada con un nene, ¡qué mucho lloré! Pero ¿sabes qué?, Isa fue papá pa' ese nene. Fue al registro y me lo adoptó, porque yo no podía con esa carga. Yo decidí ser titi Zuly, y tremenda tía que fui.

—No dudo que Isabel haya tenido momentos en los que Dios trató de encaminarla, pero eso no borra toda la desgracia que trajo a Ponce.

—¡Ella me salvó la vida! ¡Dio su vida por mí, igual que tú dices que Jesús la dio por todos nosotros!

—Zuly, no voy a aguantar blasfemias en este santo templo.

Elizabeth's Dancing Place ya tenía su competencia, eran tiempos diferentes. La pobreza con la que crecí no se veía igual. Una noche entraron tres bandidos a buscar problemas. Al parecer estaban drogados y por alguna razón la cogieron conmigo. Me metieron la mano en la falda, me apretaron y traté de defenderme, pero tenían una pistola. Comenzamos a forcejear.

Él me agarró una teta y yo le escupí la cara. Cuando traté de darle, me agarró por el pelo y otro de los hombres me disparó en el pecho.

Estoy frente a ti porque Isabel se metió en medio y la bala le tocó a ella. ¡Me la mataron y me dejaron a Manolito huérfano! Le repito; ¿eso no fue lo mismo que hizo Jesús? ¿Dar la vida por nosotros? ¡Dígame, padre!

—No sé qué quieres que te diga Zuly.

—No me diga nada padre, solo le pido que nos deje velar el cuerpo de Isabel aquí en la iglesia. Deje que sea Dios quien juzgue sus acciones, no usted ni nadie, solo Él.

Datos Biográficos:

Isabel Luberza Oppenheimer, mejor conocida como como "Isabel La Negra", nació el 23 de julio de 1901, y murió el 4 de enero de 1974. Su familia fue esclava de una familia de ascendencia alemana, los Oppenheimer. Al ser abolida la esclavitud en Puerto Rico, adoptaron ese como su apellido.

Isabel fue una mujer de avanzada, emprendedora y empática. Ayudaba a las familias de bajos recursos celebrándole la fiesta del Día de Reyes con regalos para los niños y sobres con dinero para las madres.

Obtuvo su estatus social siendo propietaria del Burdel *Elizabeth Dancing Club*, fundado en el 1932, en el barrio Mayagüez de Ponce. Su éxito económico provocó que Isabel fuera una figura importante no solo en el pueblo de Ponce, sino en todo Puerto Rico.

Fue asesinada en el interior de su Burdel a sus 72 años. La Iglesia católica no permitió que llevaran su cuerpo a la catedral, como parte de su sepelio. Se calcula que más de 13, 000 personas asistieron a su entierro.

Julia de Burgos
(1914-1953)

"En estos días ando un tanto ocupado, pero te daré un minuto, ya que nadie antes me había preguntado...

Sí, lamentablemente tengo corazón. No te preocupes, yo también estoy sorprendido, pero quizás me ofrezcas de esa simpatía que guardas con tanto celo y puedas ver que a veces tengo la razón.

Por supuesto si no lo haces no te culpo, yo cargo en el pecho el mismo dolor que nos hace egoístas y mantiene vivo el rencor. Tus lágrimas no me son extrañas y aunque no las comparta, siento aún la pasión de los poemas de Julia en mis entrañas...

Sí, su nombre era Julia y aunque su altura impresionaba, su grandeza se encontraba en las palabras. Palabras que aún se levantan en defensa de cada mujer que se encuentre presa y se sienta indefensa.

Tal vez no comprendas, pero el verdadero poder se encuentra en encontrar bendición, y con las letras, Julia, jugaba a ser Dios. Cuando utilizo el término Dios, no me refiero al ente que carga el peso negligente que ustedes le otorgan, sino un ser más bien desatado de las triviales reglas que heredamos al nacer.

Julia vivía como una reina pobre. Su corona era su identidad, libre del machismo colonial. Mi trabajo es frío y conciso. Me distingo por mi profesionalismo y puntualidad, pero su presencia despertó una emoción que me consumía.

Se nos fue antes de tiempo decía la gente, pero te aseguro que una eternidad con ella no hubiese bastado. No es fácil dibujar cada día en mi mente su rostro, sé que el amor que siento me hizo adelantarme en Manhattan a aquel día triste.

Julia fue víctima de su tiempo. Aún recuerdo ver su cuerpo débil luego de sentir cada cosa intensamente, y por primera vez rompí mi ética. Tuve su rostro en mis manos, nunca nada me había pesado tanto.

Qué iluso, pensé que tenía el control hasta que Julia me miró a los ojos con su acostumbrada franqueza y susurró: —hace un tiempo te andaba esperando.

Es extraño que el amor había dormido en mí tantos años que no fue hasta que partió que pude darme cuenta. Aquel egoísmo por no verla sufrir fue más fuerte, y enredado en nuestro único beso me llevé su alma.

Te miento si digo que no me hace falta, que no busco en cada rincón, en cada mujer que sueña, y en las que luchan por ser propias. En fin, la extraño; sin más que decir me despido pero volveré a verte en unos cuantos años."

Datos Biográficos:

Nació en Carolina, el 17 de febrero de 1914. Julia de Burgos fue la mayor de trece hermanos. Cursó sus estudios universitarios en la Universidad de Puerto Rico, Recinto de Río Piedras, del cual se graduó en el 1933, certificada como Maestra Normalista.

Julia comenzó su vida laboral trabajando con PRERA, centro que se encargaba de suministrar alimentos a familias necesitadas, y luego ejerció como maestra en una escuela de Naranjito.

Comenzó su obra poética mientras ejercía el magisterio y en los siguientes años se relacionaría con figuras de gran importancia literaria como: Luis Llorens Torres, Luis Palés Matos y Evaristo Rivera Chevremont.

Su obra literaria la llevó a recibir un reconocimiento nunca antes visto para una una mujer en la literatura puertorriqueña.

En 1936, se unió a "Hijas de la Libertad", grupo de mujeres del Partido Nacionalista de Puerto Rico liderado por Pedro Albizu Campos. En 1938, dos sucesos importantes impactan la vida de la escritora; la publicación de "Poema en Veinte Surcos", y conocer a quién sería el amor de su vida, Juan Isidro Jiménez Grullón.

Su siguiente poemario "Canción de la Verdad Sencilla" fue publicado en 1939 y galardonado por el Instituto de Literatura Puertorriqueña.

Muere en circunstancias sospechosas de camino a un hospital de Harlem, New York.

Su obra literaria aún es publicada en revistas, libros y periódicos.

Isolina Ferré Aguayo
(1914-2000)

Primera Carta

¡Hola! Me gustaría que los Reyes Magos me trajeran unas muñecas que vi en la plaza. Las de Doña Mercedes, que son bien jinchitas como tú, esas son.

Yo soy el nene de Doña Provi, la que es novia de Pellín, tu chofer. Tú viniste un día *pa'* acá con él, *pa'* la playa, y jugamos con los bolines en lo que mami y Pellín rezaban el rosario. Me acuerdo que me dijiste *pa'* ir un día a tu balconzote a jugar, pero mami me dice que ese lugar no es *pa'* nosotros. Que la calle León no es nuestro lugar, así que cuando quieras vienes acá, que tengo una bola nueva que me encontré.

Con Amor,
Héctor

Segunda Carta

Pellín me convenció para que escribiera esta carta, con todo respeto. Él me dijo que te la dará cuando yo la termine sin que don Antonio se dé cuenta. Si él se da cuenta yo no sabré cómo mirarlo a la cara si me lo encuentro por acá por la playa. Me gustaría invitarte al recital de Cisne Negro que hay en el teatro La Perla, yo sé que a ti te encanta el ballet y tienes mucho talento. No me atreví a decírtelo cuando viniste a visitar a mami, pero traté. Decidí mirarte a los ojos para decírtelo, pero estaban tan azulitos que me ahogué, como si fueran el mar. Tenía miedo de que no me salieran las palabras y tú tuvieras que darme respiración para salvarme. Hubiera sido muy vergonzoso.

A mí me gustaría que fueras mi novia, Isolina. Toda mi vida, desde que fuimos chiquititos y te veía en tu balcón, cantando con doña Mary las canciones de los domingos.

Si quieres ir conmigo envíame una carta con Pellín o deja una pegada por la esquina de tu balcón y yo la busco por la noche.

Con Amor,
Héctor Antonio

Tercera Carta

Sé que estas por allá por Adjuntas con tus hermanos y con papá Toño. Cuando vengas me gustaría verte y que hablemos un rato, si no es mucha molestia. Mamá me dice que estás bien amiga de un tal "Cariño" o algo así, pero ¿a quién le ponen ese nombre?

Me parece un poco tonto, pero quizás sea culpa de sus padres. Me dijo que él te enseñó hasta a correr bicicleta y que se pasan juntos de arriba para abajo. Si llego a saber que querías aprender a correr bici yo te hubiese enseñado. Es fácil y conozco a un muchacho en la calle Cristina que me presta una bicicleta si yo le consigo bolines raros. Pero eso no es lo más importante, lo más importante es que quería hablar contigo porque sé que quieres ser monjita.

Las monjas son buenísimas, me tratan muy bien las que visitan el barrio, pero tú vas más allá. Espero que al escribirte esto ahora no sea muy tarde. Creo que desde el primer momento en que te vi, no puedo parar de pensar en ti. Yo me imagino contigo, en una casita con balcones grandes; con trinitarias alrededor colgando de ellos.

Ya estoy ahorrando para eso con el trabajo que me dio tu papá en la fábrica. No sé si esto hará que cambies de opinión, pero me harías el muchacho más feliz de todo Ponce, es más, de este mundo.

Posdata

Me gustaría que terminemos el libro que empezamos de Peter Pan, lo dejamos a mitad y quiero saber cómo termina.

Con Amor,
Héctor Antonio

Cuarta Carta

Supe que te vas a Filadelfia a ser monja. Por una parte, me alegra tanto que decidieras hacer eso. Sé que tu familia quería que te casaras y te unieras junto a tu esposo al negocio familiar, pero lo dejaste todo a un lado para ayudar a los demás.

Todavía recuerdo cuando me decías que querías irte a hacer misiones a India y ahora dejas todo, incluyendo a la gente que te quiere mucho en todo el pueblo, y a mí, que aunque no te lo he dicho directamente te he demostrado, creo yo, que me vuelves loco. Cuando te vi bailando plena en las fiestas de Ponce dije "aquí fue, estoy *enchulao*". Poco sabía que los planes de Dios eran otros para ti.

Te deseo el mejor de los viajes, y que cambies muchas vidas, como cambiaste la mía. Nunca perderé las esperanzas de que algún día te unas a una aventura conmigo.

Misioneros anónimos por el mundo: India, Nigeria, las islitas; donde quieras, pero juntos.

Con Amor,
Héctor Antonio

Quinta Carta

Buenos días Sister Thomas, se habla por acá que estás en Brooklyn de lado a lado. No sé si estás feliz o no, yo espero que sí. Yo estoy un poco nervioso pues me han reclutado. Quieren que me vaya a matar gente a algún lado del mundo en nombre de la "libertad", y si me niego puedo ir a la cárcel. Pero, ¡qué contradicción! Se dice que un dictador europeo se está quedando con medio mundo. Mi plan sigue en pie cuando vuelva de la guerra. Si no sale, terminaré convirtiéndome en un monje trinitario, y tal vez así pueda entender mejor tu trabajo y de una vez apoyaré todo lo que necesites.

Creo que le daré esta carta a tu hermana Saro, ella debe saber mejor dónde estás.

Con Amor,
Héctor

Sexta Carta

¿Cuántos años habrán pasado desde la última vez que te vi en persona? Ya son tantos que trato de pensar cómo habrás cambiado y no me lo imagino. Mi camino me lo trazaron acá sin yo tener nada que decir, de guerra en guerra y de base en base.

Extraño el calor de la Navidad en Puerto Rico con toda su plena, dulces, Reyes Magos.

Extraño las fiestas de tu familia donde Pellín me llevaba de vez en cuando y yo me escondía en tu jardín.

Te escribo porque mi corazón se llenó de alegría al hablar con abuela. Ella está viejita, pero me dice que tú eres su ángel allá en Cabo Rojo. Me contó que estás de misión allí, me habló de los juegos de pelota que haces con la gente del barrio. No deja de hablarme de las largas conversaciones que tenían sobre cómo iban sus días y de todo el amor que Sister Thomas está dejando en la comunidad. Incluso me contó de una revuelta nacionalista y que se llevaron a un montón de muchachos presos, fuiste a sus casas a darles consuelo a sus familias. De verdad que eres un ángel, y esto me hace pensar que realmente no has cambiado nada, gracias...

Me dicen también que Pellín está malito, cuando vaya para allá, si te veo de nuevo, te dejo saber de su estado.

Con Amor,
Héctor

Séptima Carta

Felicidades Isolina, acá en Ponce se habla tanto de ti. Primero que todo, felicidades por tu graduación de sociología.

Sister Thomas no solo es Sister si no también Socióloga. Ahora nos intimidarás más que nunca, no sabré cómo mirarte a los ojos, aunque si te soy honesto, nunca supe cómo.

Lo que más está en boca de todos es que eres directora de un centro en Nueva York y que interviniste con una pandilla para salvar a un muchacho. No sé si están exagerando, pero dicen que lo metiste adentro del centro donde trabajas porque lo iban a matar, que lo vestiste de monja, que saliste del lugar con él y pasaste frente a la ganga como si nada. Si esa historia es verdad deberían darte un premio, una medalla o algo. Siempre admiré el valor en ti, aunque de qué vale que yo, un Juan del pueblo te admire si hasta los presidentes de Estados Unidos están pendientes de ti. Pero aprovecho esta carta para dejarte libre, ya que estas serán las últimas palabras que te escriba, por mi bien, y porque sé que tu compromiso con la humanidad solo terminará cuando pases a tu merecido paraíso y te alejes de tu Puerto Rico y de tu playa en Ponce.

Mi compromiso de admirarte seguirá hasta la muerte también.

Con Amor,
Héctor

Octava Carta

Te escribe Héctor Antonio Rodríguez, hijo de doña Provi. No sé si te acuerdas de mí, pero cuando pequeños jugábamos juntos en la playa mientras se encontraban mami y Pellín, tu Chofer. Desde aquel momento fui hechizado por tus ojos azules y por tu corazón hecho de puro Mar Caribe, siempre lleno de amor para regalar a todos, hecho de trinitarias, hecho de música y de Adjuntas, creado a mano por Dios. ¿Quién más podría haberlo hecho tan perfecto? Durante toda mi vida te escribí cartas, las cuales se quedaron varadas en una caja debajo de mi cama como bocetos incompletos. Nunca me sentí a la altura, no me refiero a la altura de los Ferré sino de la divinidad en ti.

Hoy tengo que escribirte porque en las gloriosas vueltas que da la vida me tocaste con tus santas manos.

Yo soy un militar que en la distancia trata de luchar por su nene que sigue viviendo en la Playa. Un hijo que ha tenido tantos tropiezos en el camino y que me parten el corazón.

Hablé con él por teléfono y me contó que estaba perdido en las calles, casi sin esperanzas y pensando en lo peor. Gracias a un intercesor, mentor, como él le llama; y a una monjita, consiguió un lugar a donde estar seguro y redirigir su camino. Ahora es tutor de matemáticas en tus centros.

Mi compromiso con admirarte, que comenzó cuando Pellín llegó en aquella nave, seguirá hasta mi último respiro, y aún después de él, continuará.

Con amor,
Héctor

Datos Biográficos:

Isolina Ferré nació el 5 de septiembre de 1914, en Ponce, Puerto Rico. Su familia era una de alto estatus social e influencia, su hermano fue Luis A. Ferré (fundador del Partido Nuevo Progresista y exgobernador de Puerto Rico) y su sobrina, Rosario Ferré (aclamada escritora).

Se unió a la Orden de Las Siervas Misioneras de la Santísima Trinidad, en el año 1935. En 1957 obtuvo un bachillerato en arte del St. Joseph's College for Women en Brooklyn, NY. Su maestría en sociología la recibió en la Universidad de Fordham de N.Y. en 1961.

Isolina entregó su vida al servicio y al trabajo con las comunidades. Por seis años ocupó un puesto que le otorgó el alcalde de New York, John Lindsay, en el Comité Contra la Pobreza. Creó el Centro de Orientación y Servicios en el sector La Playa en Ponce.

Su lucha y entrega fue premiada, tanto en la Isla como de manera internacional. Su trabajo sigue transformando vidas a través de los Centros Sor Isolina Ferré.

Rebekah Colberg
(1918-1994)

Entrevista a Elliot Castro

Fecha: 14 de octubre de 2012.
Lugar: Torre Universidad de Puerto Rico, Río Piedras
Entrevista: Alejandro Pagán Gómez para Historia 3121.

Abreviaturas: APG (Alejandro Pagán Gómez), EC (Elliot Castro)

APG: —Ya comenzamos con la grabación. Lo que haremos es que yo te hago una pregunta y de ahí tú hablas todo lo que quieras. Voy a tomar aire un momento porque estoy nervioso, disculpa.

EC: —No te preocupes, a mí me pasaba igual al principio.

Comienza el proceso:

APG: —Me encuentro aquí, con el distinguidísimo Elliot Castro, para hablar brevemente sobre la historia deportiva de Puerto Rico como parte de la presentación oral de la clase Historia 3121 de la Profesora Maymí.

EC: —Saludos a todos los estudiantes y a la profesora, un placer compartir con ustedes.

APG: —Esta grabación será una introducción para mi informe, y quién mejor que Elliot Castro para contestar la pregunta que todos nos hemos hecho en el salón, y que a mí personalmente me intriga mucho.

EC: —A ver... me tienes intrigado a mí también, espero poder contestarte con la mejor claridad.

APG: —De tus muchísimos años de experiencia como analista y comentarista deportivo...

EC: —Espérate; ¿me estás diciendo viejo? —risas.

APG: —¡No, jamás! Me gustaría saber... para ti, ¿Cuál ha sido el momento más memorable del deporte en Puerto Rico?

EC: —Es una pregunta interesante y difícil de contestar.

APG: —Yo tengo muchísimos momentos en mente.

EC: —Yo también tengo muchos...

APG: —Solo puedes escoger uno. ¿Fue el momento en el que Carlos Arroyo competía junto a la selección nacional en Atenas 2004 en contra del *Dream Team*?

EC: —Ese momento jamás lo olvidaré. Fue un momento de reivindicación de nuestro potencial deportivo a nivel mundial. Aún recuerdo las noticias nuestras y las estadounidenses. ¡Estaban bien molestos!

APG: —Yo era un niño apenas, pero me acuerdo de que cuando Carlos Arroyo sacudió su camisa, yo casi lloro.

EC: —Y el *Dream Team* nunca había perdido en Olimpiadas, imagínate el impacto que causó. A pesar de ese, y otros momentos inolvidables, como el reciente bronce de Javier Culson y la plata de Jaime Espinal, también el hit 3000 de Clemente. Fueron muchos los momentos extraordinarios. Pienso en otro, que impactó mi vida y mi carrera, muchos años antes de esos eventos que mencionamos.

APG: —El mío sin duda fue la pelea de Tito y de la Hoya. Toda mi familia y vecinos estaban reunidos en casa. Había como cien neveritas llenas de cerveza y el cielito lindo que preparó mi tía. Todo un preámbulo para el momento más *cool* de mi niñez.

EC: —Hubo un momento que marcó un antes y un después en la historia del deporte en la isla. Un momento con un bagaje monumental.

APG: —Me gustaría, si es posible, que nos cuente, para fines del aprendizaje de todos.

EC: —Cómo no, Alejandro, vamos un poquito atrás, a la década de los treinta. Estamos hablando de los tiempos en que Puerto Rico, apenas estaba comenzando a crear una identidad deportiva. En ese momento todavía no había símbolos patrios oficiales, imagina que la bandera se adoptó veinte años después, en 1952, y Roberto Clemente, ¡apenas tenía cuatro años! Todo esto implica que competíamos internacionalmente con la bandera y el escudo de Estados Unidos.

APG: —Elliot, me tienes tenso, ¿de quién estamos hablando?

EC: —Mis padres sí estaban vivos para ese momento. Mami fue la primera en recordármelo, cuando yo apenas era un nenito.

Se acercaban los Juegos Centroamericanos y del Caribe. Se podrán imaginar que estos eran los juegos más grandes que teníamos como país, ya que no competíamos en las Olimpiadas. En ese entonces supimos de la chica. La llamaban en su casa la "rajierita", pero su nombre era Rebekah Colberg.

APG: —Sé que soy el peor puertorriqueño por esto, pero lo único que sé de ella es que así se llama la cancha de mi escuela.

EC: —Y no te culpo Alejandro, la responsabilidad de esto la han tenido por décadas nuestros historiadores, que han ignorado páginas importantísimas de nuestra historia.

Rebekah es más que un lugar. Como te imaginarás, los años treinta eran años donde el machismo era aceptable. Regía nuestro estilo de vida y no te quiero decir con esto que ya no exista pero hemos avanzado un poco.

Nuestra Rebekah quería competir junto al equipo de voleibol de mujeres en los próximos Centroamericanos. La oposición de la gente fue masiva. Decían que iba a poner a Puerto Rico en ridículo. Para ellos era vergonzoso que esas mujeres lideradas por Rebekah nos representaran. Te lo digo de forma breve, pero fueron muchas las barbaridades que dijeron.

APG: —¿Qué pensaron las mujeres? Me resulta difícil imaginarlo.

EC: —Muchas apoyaban al equipo, pero, sus opiniones no eran consideradas. Fueron tiempos difíciles e injustos. Nada que detuviera a nuestra campeona. A pesar de que se le hizo cuesta arriba conseguir auspicios para ir a competir, increíblemente, Colberg fue a donde el gobernador interino de ese momento, Rafael Méndez. Si no me equivoco, lo convenció de que las auspiciara. De ahí partieron para Panamá a representarnos, en contra de todas las apuestas. ¿Mujeres queriendo jugar deportes?, eso no era normal, Rebekah fue una revolucionaria.

APG: —¡Qué bien que nos haya podido representar!

EC: —¡Y lo que falta Alejandro! Ella simplemente fue una prócer del deporte, una poeta. Verla competir era una obra de arte. Se inscribió en nueve eventos diferentes incluyendo voleibol. Sólo pudo competir en tres de ellos: voleibol, jabalina y tiro de arco.

Calló todas las voces en contra de la mujer en el deporte y abrió nuestras mentes a posibilidades infinitas. Encaminó a nuestras heroínas: Angelita, Cortijo, Serrano, Fernández y Puig. Ganó el oro en tiro de arco y jabalina, obtuvo medalla de plata en voleibol. Fueron suyas las primeras medallas internacionales de la historia del deporte femenino de la isla.

Silencio por unos segundos.

EC: —Cuando Colberg se paró en la cima del podio, mano en el pecho, con todos los ojos sobre ella, el himno de Estados Unidos sonó triunfal. Tan pronto acabó el himno, Rebekah permaneció en el podio y retó no solo a los que dudaron de su poder y resiliencia, también a la nación norteamericana. Puso su mano sobre su pecho y a viva voz, ante miles de personas, cantó el himno de Puerto Rico. Desde la isla, todas las voces se unieron, transformándose en una sola voz: y ¡qué bueno fue!

Datos Biográficos:

Rebekah Colberg Toro nació un día de Navidad, en 1918, en Cabo Rojo, Puerto Rico. Falleció en julio del 1985 en el mismo pueblo. Fue una atleta sin precedentes. Tuvo éxito tanto en su preparación profesional como en el dominio de varios deportes en los que se destacó.

Fue la primera mujer en representar la isla en una competencia deportiva de índole internacional.

Obtuvo un Bachillerato en Ciencias y Farmacia de la UPR y se graduó en Educación Física de la Universidad de Columbia en los Estados Unidos, donde fue parte de los equipos de hockey y lacrosse. Luego adquirió su M.D. con especialidad en psiquiatría pediátrica de la Universidad de México, donde también fue parte del equipo campeón de baloncesto de la universidad.

Rebekah compitió en varios deportes dentro y fuera de Puerto Rico, como lo fue el tenis, del cual fue campeona desde el 1932, hasta el 1946. También participó de la delegación de Puerto Rico para los Juegos Centroamericanos y del Caribe en 1938. En estos ganó dos medallas de oro, una en disco y otra en jabalina. A su vez, ganó medalla de plata en voleibol.

En el 1946 ganó medalla de oro jugando softball en los Centroamericanos de México. Luego de conquistar el deporte se convirtió en psiquiatra.

En el 1952 la incluyeron en el salón de la fama de Pista y Campo, y en el de Tenis.

Ruth Fernández
(1919-2012)

"Me disponía en ese momento a preparar la ensalada. Fue en los años cuarenta, no recuerdo el año exactamente y yo era ayudante del chef de un prestigioso hotel en San Juan. No sabía mucho de nada, eso sí, maduré en el proceso y me hice experto en el inventario de comida de unos almacenes para la gente pobre.

Comenzaron en Manatí, mucho antes de que existieran los cupones. Antes no había cupones; se daba comida, pero me desvié del tema, perdóneme. En ese momento todavía las leyes de Jim Crow creaban caos en Estados Unidos. Fueron el escudo y la lanza para discriminar a millones. Aunque no era vigente esa ley en nuestra Isla, en los lugares que pertenecían a los norteamericanos como el Hotel Vanderbilt seguían las leyes gringas. Lo sé porque ahí trabajaba.

En aquel entonces no había tantas opciones. Antes no era como ahora, que todos los días hay algo que hacer. Ahora todo el mundo tiene La Placita, El Poblado, cines, salen los sábados en la noche al Viejo San Juan. Todo un mundo de actividades.

La sociedad de hace 50 años se reunía en hoteles, fue la época dorada de la música y el buen gusto, digo yo.

Aquella noche el Vanderbilt estaba abarrotado de gringos y puertorriqueños. Gente de Condado,

Miramar, usted sabe a qué me refiero. Todos esperando pasar una noche inolvidable entre amigos y copas. La música estaría a cargo de La Banda de Mingo y su cantante, Ruth Fernández.

Escúchame bien que esta parte es la importante. Supe que había gente ansiosa esa noche, no solo por su magia, sino por las reglas del hotel. Su representante había llamado para explicarle que tenían una situación con su presentación. El asunto es que Ruth no podía entrar por la puerta principal del Vanderbilt, las reglas dictaban que todo cantante negro tenía que entrar por la cocina y unirse en tarima con los otros músicos.

Soy sincero, a mí no me molestaba. Quería verla de cerca y no podía salir de la cocina; además tenía lápiz y papel preparados para un autógrafo. Quién iba a decir que Jim Crow tocaría tan de cerca a Puerto Rico. Que el sufrimiento por su injusticia fuera arrastrado a nuestra historia.

Ese sábado todo el mundo estuvo a la expectativa. Esperábamos la música, siempre hemos sido así los puertorriqueños, nos criamos entre canciones mientras los gringos buscaban una experiencia diferente.

Era la hora del *show* y la cantante no llegaba. Yo miraba hacia la puerta de la cocina para ver si la veía, pero nada. Hasta pensé que tal vez los del hotel se habían sentido incómodos y habían cancelado el *show*. Eso había sucedido anteriormente y no sería una sorpresa. También recuerdo pensar: ¡mejor que no llegue!

Lo pensé, que el alma de la fiesta tuviera que entrar por la cocina era una verdadera humillación.

Yo, aunque soy puertorriqueño, no soy negro, así que jamás sabré exactamente cómo se siente que te desprecien por el color de piel. Sé porque he vivido mucho, y en aquel momento yo tenía una actitud más combativa. Consideraba necesaria la confrontación, y en este caso era justa.

Miré a una de las señoras que llevaba una pamela del tamaño de Puerto Rico y tenía la boca abierta de par en par, casi casi como si estuviera en el dentista. Me entró un mar de risas que no pude aguantar cuando a esa mujer se le acabó la elegancia. No habían pasado ni dos segundos y comenzamos a escuchar unos tacos: "*tac, tac, tac, tac...*". Fueron las pisadas más firmes que he escuchado y como una plaga en tiempos bíblicos las bocas de toda la gente se abrieron una a una, y la adrenalina aumentaba.

Al voltear para ver lo que estaba pasando, mi quijada cayó aún más bajo que la de los demás "*tac, tac, tac, tac, tac...*". Por la puerta principal del Vanderbilt, muy a pesar de reglas estadounidenses o de cualquier clase social, Ruth Fernández, hizo su gran entrada al hotel. Con cada *tac* de sus suelas cuestionó, la envenenada ley de Jim Crow, mientras sus pasos se acercaban a la tarima. Tan alto que si cierro los ojos aún puedo escucharlos... *tac, tac, tac, tac, tac...*"

Datos Biográficos:

El 23 de mayo de 1919, nació en Ponce, Ruth Fernández. Con clases de piano, presentaciones escolares y en pequeñas agrupaciones, comenzó su camino en la historia de la música puertorriqueña. Trabajó desde muy joven interpretando música popular en diferentes emisoras. Se convirtió en la primera cantante negra de música popular en Puerto Rico.

A pesar de lo atropellada y difícil que fue su carrera debido al racismo y el machismo que imperaba a principios de siglo XX, fue reclutada por Mingo y su Orquesta.

Se consagró como la primera mujer puertorriqueña en pertenecer a una orquesta, la primera mujer en ser contratada por el *Metropolitan Opera House*, la primera mujer en presentarse en países escandinavos, la primera en cantar con una orquesta norteamericana, la primera cantante en ser electa para el senado; su lista de logros es interminable. Es por todo esto que fue nombrada "El alma de Puerto Rico hecha canción". Este nombre no solo definió, la pasión, el poder y la entrega de Ruth al cantar, sino también un alma en lucha y valentía ante reglas racistas de la época hasta el día de su muerte, el 9 de enero del 2012.

Rita Moreno
(1931 – presente)

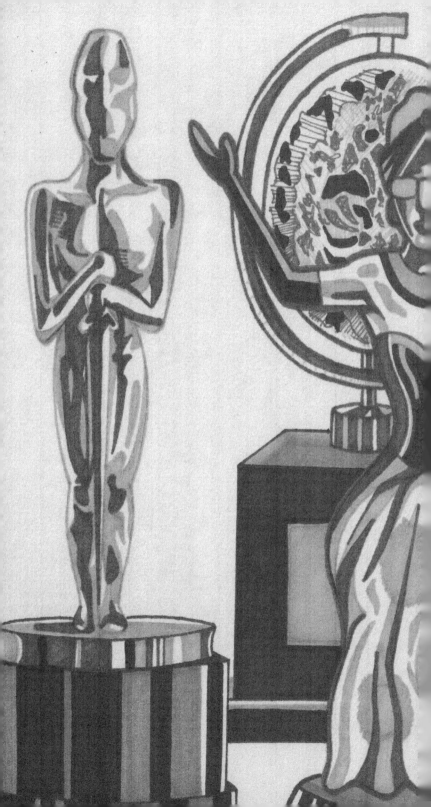

—If one of you was lying in the street bleeding, I'd walk by and spit on you...

Las caras de las 20 actrices que me rodean me dejan saber que aún me falta mucho, y les alivia saber que no soy competencia para ellas... Necesito más telenovela para este papelón de Semana Santa que ando ensayando.

—IF ONE OF YOU WAS LYING IN THE STREET BLEEDING...

Ana, una de las asistentes de la *casting director* me interrumpe.

Mi corazón deja de latir y más bien comienza a vibrar. Creo que no puedo disimularlo. Sigo a la chica y pasamos justo en frente de un grupo de muchachos que parecen sacados de uno de mis sueños. Todos me miran pasar mientras los chasquidos de sus dedos me dejan saber que audicionan para los *Sharks*.

—Girl you got this! —me dice mi guía justo antes de llegar donde los productores. Me sonríe sin saber qué decir mientras trato de no hiperventilar. No entiendo, llevo practicando para este momento mucho tiempo. Me sé el libreto, cada detalle, cada gesto, cada canción, cada baile. No tengo razones para estar tensa. Mi nombre es Ana y el personaje para el cual audiciono se llama Anita.

—It's like, your name is Ana and the role is Anita, hello!

Me dice mi mejor amiga desde ese momento, como si leyera mi mente.

—*Darling, you're shaking! It's very normal, baby, but let me tell you something, Anita was played by an EGOT. So, who knows? Maybe her good luck will rub off on you.*

Reconozco su buena intención, pero sin duda decirme eso lo hacía peor.

—*Good luck!*

Entré en la oficina y todo transcurrió como de costumbre. Las mismas preguntas, el mismo estilo de persona, el mismo incómodo intercambio de miradas.

Adentro, desde que das el primer paso te juzgan, para ver si eres lo que andan buscando. Cuando llegó mi momento y dijeron la escena que iba a repasar abrí la boca y por alguna razón pensé en mi tía.

Mi tía era una WAC. Una mujer dura y tempe-ramental, nada maternal. Según ella, la razón era que quería que yo también fuera fuerte. Nunca me faltaron comida ni ropa, un techo; pero siempre esperé su beso de buenas noches.

Nos mudamos al Bronx, cuando tenía siete años. Sólo me dejó llevarme las películas *Dancing in the Rain* y *The Ritz*.

Toda su vida en la milicia se sintió como una cruz de malta en medio de un *cornfield*, decía. Así también me sentí yo, durante mis años de apren-dizaje y adaptación al mundo gris de Nueva York. No fue fácil acoplarme a ser una persona no bien-venida al país. A cada rato me gritaban *Spic*. Por muchos años ni siquiera entendí lo que significaba, pero los gritos venían acompañados de burlas o golpes.

Una de las pocas cosas que me hacía feliz era la música de los tambores, que me transportaban directamente a Juncos. Los musicales que tití tanto amaba.

Soñaba en convertirme en artista. A pesar de la desaprobación de mi tía y muy en contra de su voluntad, me llevó a un millón de *castings*. Mi mayor deseo era ser protagonista de lo que fuera, una heroína indispensable, pero nunca ocurrió. *Deep down* sabía que mi piel, mis cejas, mi acento me señalaban como "inmigrante". Gritaban "coquí", "boricua" o *"mexicans"* con quienes nos confunden.

Fui mesera y ya me sé de memoria el menú de la mitad de los restaurantes de Manhattan. También sirvienta, la novia sexy del criminal, gitana, cubana, argentina, panameña y hasta egipcia, pero nunca yo. Poco a poco me fui haciendo experta en tantas cosas que sentía que más que artista me habían convertido en un estereotipo. Forjaron mi acento con exigencias y me pintaron la cara con sus expectativas. Me limitaron a ser tan finita como el papel que cargaba mis líneas y mis aportaciones se circunscribían a mis apellidos.

Yo soy de campo, donde la gente es cálida y la noche estrellada. En Manhattan, la luz del mundo del espectáculo opaca las estrellas más brillantes del cielo. Me remontaba en esas estrellas sordas a mi tierra. Tomaba el tiempo para dedicarle algunas miradas. No me iba a rendir.

A diario me dije: no necesitas un *spotlight* para brillar con luz propia. Tu pelo oscuro tiene más vida que el musical *Mamma Mia* y no necesita *Hairspray* para estarlo. No me sé la canción *Mountain Momma*, pero puedo improvisar una trova. Puedo hablar en *spanglish* así que *don't test me*, pues mis acentos, en plural, viajan de 0 a 100, *and I can be like from any of the 50 states I want*, ¿oíte?

No nací en esta tierra, pero soy ciudadana y cargo una isla en la garganta. Me rejode que me traten como extraterrestre cuando esta ciudadanía costó sangre de boricuas reclutados para luchar y aceptación de una cultura impuesta. Nadie me hará sentir como menos.

Al terminar las líneas de la escena, cerré la boca. El productor se quedó mirándome mientras se pasaba la mano por la barbilla y como si supiera cual era el ingrediente que me faltaba y dijo:

—*Can you try to be more... latina*? —preguntó.

Los miré a todos y respondí: —*What does that even mean*?

Datos Biográficos:

Rosa Dolores Alverio nació el 11 de diciembre de 1931, en Humacao, Puerto Rico. Tras el divorcio de sus padres, su madre se la llevó a New York a los cuatro años.

Con nada de inglés en su vocabulario creció en Estados Unidos donde encontró su amor por el entretenimiento, la música y el baile. Adoptó el apellido de su padrastro Eduardo Moreno y a los once años ya se encontraba dando su voz para doblar películas al español. Tan solo dos años más tarde hizo su *debut* en los escenarios de Broadway, con la obra *Skydrift*, pero no fue hasta el 1950 que debutaría en la industria del cine con la película *So Young So Bad* como Rosita Moreno. Fue en ese año que el estudio MGM firmó a la futura estrella y entonces adoptaría el nombre artístico, Rita Moreno.

Obtuvo un papel en el aclamado musical *Singing in the Rain* (1952), pero las ofertas rápidamente fueron escaseando y el estudio la dejó ir. Por un golpe de suerte, una de sus fotos llegó a un editor de la revista LIFE, lo cual provocó que hicieran un reportaje sobre ella, y Rita fue la portada de la misma el 11 de marzo de 1954.

Luego continuó actuando, pero sus roles se encontraban limitados a los estereotipos de Hollywood sobre la mujer latina. En el 1961, capturó el papel de Anita en el musical *West Side Story*. El éxito alcanzado con la película le permitió ser galardonada con el premio Oscar y Golden Globe, a la mejor actriz de reparto.

Frustrada aún con Hollywood, Moreno se fue a explorar el teatro en Londres, donde mostró sus talentos fuera de las limitadas opciones que le ofrecían en Norteamérica.

En los 70 Rita diversificó aún más su carrera y logros al participar en el programa para niños, *The Electric Company*, donde grabó un álbum el cual ganó un Grammy en el 1972. *The Ritz*, musical de Broadway, la llevó a ganarse un premio Tony en el 1975 y en 1977 ganó el premio Emmy por su participación en *The Muppets*.

Es parte de un grupo de artistas llamados, EGOT, este grupo pertenece a aquellos que han logrado obtener los cuatro premios de mayor prestigio artístico en Estados Unidos. Hoy día, solo son catorce; Rita siendo la única hispana en el grupo. En las pasadas décadas Rita se mantuvo ocupada trabajando en televisión, películas, series animadas, obras e incluso como autora.

Sila Calderón
(1942- presente)

"Soy la mano derecha de la gobernadora de Puerto Rico, la segunda al mando, pero esta historia no se trata de mí. Narro lo que mis ojos vieron aquel estresante día.

28 de mayo, 6:00 am

En mi rutina me arreglaba sin mirarme al espejo, corría para tomar la guagua de Sagrado a San Juan, para luego emprender una caminata diaria hasta llegar a la Fortaleza. Cuando tenía tiempo, me paraba a tomar un café en la Plaza de Armas, pero esa mañana no lo tuve. Yo llevaba la agenda de Sila: reuniones, visitas, café, descanso y comidas.

Tan pronto abrí la puerta me topé con ella al entrar. "Buenos días Andrea" me dijo la gobernadora. Yo respondí entregándole un café. Como todas las mañanas se sentó a pensar por unos minutos en uno de los balcones frente a la bahía, después de eso comenzaría su diario maratón de San Blás.

Mientras estuvo en el balcón me quedé cerca. Pensé en lo mucho que las cosas habían avanzado. ¿Quién iba a decir que casi 70 años después de la lucha por el sufragio tendríamos una mujer Gobernadora en el país? ¿Qué pensaría Ana Roqué de Duprey si supiera el devenir de su lucha?

Mucha gente no lo abstrae. No tuvieron que pelear a diario por los derechos que ahora tienen, viven otra parte de la historia que se suscitó al comenzar este nuevo siglo. Me pregunto qué Sila estará pensando mientras mira la bahía. ¿Tendrá que ver con el qué será de las comunidades especiales, ahora, que tomó la decisión de no aspirar nuevamente a la gobernación? Tal vez esté pensando en la lucha por recuperar a Vieques. En los miles de héroes que lograron que sea una lucha finalizada. Un cierre idóneo luego de tantos años de bombardeos.

Se acerca el final de su gobernación, por lo que también podría estar pensando en los errores que cometió durante su cuatrienio. El hecho de ser mujer hace que cobren cien veces más relevancia. Escuché en estos días a una zángana decir "primera y última mujer que gobierna a Puerto Rico... ¡Ella se encargó de que no vuelvan a votar por más ninguna!".

A mí me dio vergüenza ajena. Quiere decir que asuntos como el Cerro Maravilla, vender el país completo, o robarse hasta los clavos de la cruz no son suficientes para que no volviéramos a votar por otro hombre —pensé.

9:20 am

Después de dos reuniones cortas con legisladores y prensa, era hora del desayuno. Sila se sentó a la cabeza de la mesa y yo a su lado. Discutimos punto por punto la agenda del día. Por curiosidad le pregunté: ¿Qué harás ahora cuando te retires, seguir explorando Europa?, entoces rió, y dijo: —yo nunca me voy a retirar.

9:45 am

El teléfono sonó a una hora inusual. Alguien había entrado a los edificios de la Fortaleza y llegado hasta la recepción. Tenía de rehén a la recepcionista, Iris Nereida. El captor en su petición reclamaba a la señora Calderón.

Mis episodios de ansiedad se activaron como un interruptor. Mi mente me gritaba, "¡corre y llévate a la gobernadora!". A la vez tuve, todos los pensamientos irracionales que se puedan imaginar. Pensé: ¡Golpe de estado!, ¡más momentos históricos de este nuevo siglo, un hombre mata a la gobernadora de Puerto Rico!, mi mente inquieta y yo inmóvil. Sila me dijo: "Quédate tranquila" y entraron sus asesores a llevársela.

—Yo voy contigo —le dije sin importar las mil consecuencias que abrumaron mi mente.

—No, yo voy sola —me dijo decidida.

11:00 am

Los minutos pasaban como si fuesen horas y no se sabía nada de la gobernadora. Mi pensamiento catastrófico estaba al comando, mi sistema nervioso en alerta, mientras escuchaba a otros mencionar cómo ya había francotiradores rodeando la escena.

11:35 am

Nadie quería que ella fuera a hablar con el hombre aunque tuviera a Iris amenazada con un cuchillo, no sabíamos si cargaba una pistola y tan solo esperaba a que Sila entrara para asesinarla. Cuando ya había pasado poco más de dos horas, Sila ya no quiso permitir que la joven siguiera en riesgo, y fue en contra de todos los consejos.

12:20 pm

Pasado el mediodía vi la silueta de Sila Calderón entrando por el pasillo que terminaba en el balcón. Venía como una heroína de combate, seria, desarreglada, tal como alguna cacica. Aún se escuchaban los gritos de la muchedumbre que llegó a ver qué pasaba.

No sé si fueron la cafeína o la ansiedad la que hizo que delirara un poco, pero Sila no estaba sola. A su alrededor vi la silueta de Felisa Rincón, de Isolina y de Capetillo, juntas como un "A Team", con diferentes ideales, pero todas puertorriqueñas y con los ovarios bien puestos."

Datos Biográficos:

Nació en San Juan, el 23 de septiembre de 1942. Cursó un bachillerato en Ciencias Políticas, en Manhattanville College, New York en Ciencias Políticas. Luego regresó a Puerto Rico para completar estudios graduados en la Escuela de Administración Pública de la Universidad de Puerto Rico.

Entre los puestos que ocupó en las décadas de 1970 a 1990 se encuentran: ayudante ejecutiva del secretario del trabajo y del gobernador, secretaría de la gobernación y gobernadora interina.

Fue parte del Comité de Desarrollo Económico de la Fundación Sister Isolina Ferré. Dirigió el proyecto "Península de Cantera", que tenía como meta rehabilitar los sectores más pobres de San Juan.

Siguiendo los pasos de Felisa Rincón de Gautier, se convirtió en alcaldesa de San Juan y 70 años después de que la primera mujer ejerciera su derecho al voto, Sila María Calderón fue electa Gobernadora.

Entre sus proyectos más destacados se encuentran; la Oficina de Comunidades Especiales, la cual se proponía rehabilitar la infraestructura de 686 comunidades desventajadas en la isla y promover la autogestión entre sus habitantes.

Como gobernadora demandó al gobierno de los Estados Unidos y tuvo un rol activo e importante en sacar la Marina estadounidense por los bombardeos a la isla de Vieques.

Recibió un Doctorado Honoris Causa en Artes y Humanidades de la Universidad Manhattanville. Actualmente continúa trabajando en el Centro para Puerto Rico en proyectos, programas y servicios enfocados para la mujer puertorriqueña.

Antonia Martínez Lagares
(1949 – 1970)

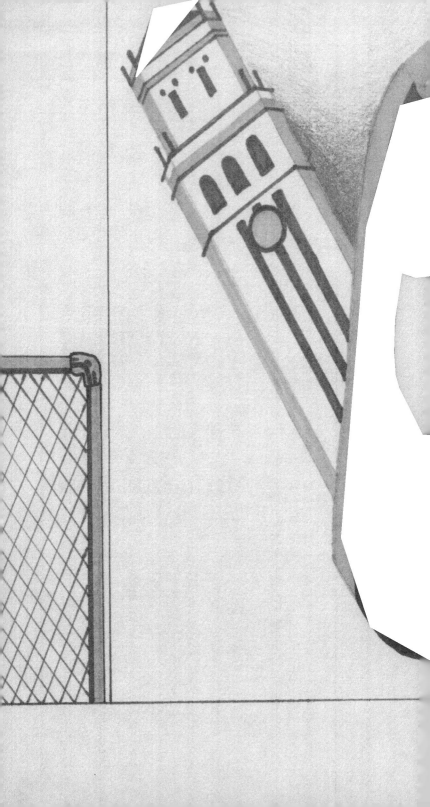

"Seis horas llevo encerrado entre las cuatro paredes de mi cuarto. La Ponce de León se siente pesada, más que nunca. En este espacio intento encontrar, la nostalgia que antes me ayudaba a crear. Soy un artista sin musa hace meses. Un artista sin inspiración, un artista inexistente.

Las fechas límites para acabar mi bachillerato se acercan y me prometí una obra maestra, aun más lograda que mi último trabajo. Quizás de aquí a unos años todo sea diferente. Nada como las frescas cicatrices de un corazón roto para despertar la vena artística.

Me consolaron Ruth Fernández y Lucecita Benítez. El dolor, mis manos y sus voces esculpieron mi primera obra importante. Ahora me duelen el país y la universidad, esa que pertenece a nuestras futuras generaciones. Me anestesia la impotencia de no saber qué hacer al respecto.

Me mantengo en silencio, quieto, en un intento de capturar algo, una idea, con la que empezar. Tras meses de música lo único que llega a mi mente es: *Cuando sobre la tierra no haya ya ni dolor, solo habrá una lumbre...*

Mi pensamiento se detiene entre gritos que provienen de la calle. Abandono mi letargo y corro al balcón. La escena me paraliza por completo. No distingo personas, solo una macana que al caer pinta la brea de rojo y un policía que golpea a un joven de forma salvaje.

El miedo me absorbe, pero mi mente grita: "¡Este es el momento de hacer algo! ¿Bajo a ayudarlo?". La garganta se me aprieta y nada sale de ella.

Veo sangre, me mareo por un segundo. Desde el balcón arriba escucho una voz potente. "¡Asesino!", una mujer grita. El policía de la macana levanta la vista y apunta su arma hacia ella. En un acto reflejo me dejo caer al suelo. Resonó un tiro, al que acompañan gritos de histeria, todo tipo de voces con decibeles de rabia, odio, desconsuelo... "Mataron a Antonia".

Han pasado años, la Ponce de León aún guarda los ecos que crearon los gritos de aquella tarde. Solo escucho el rugido de Antonia, y el disparo que intentó silenciarla. ¿Por qué me quedé callado? ¿Por qué? Quizás esa bala llevaba mi nombre, pero Antonia la sufrió por mí.

La ansiedad oscurece mi mente, mi pecho late al mismo ritmo que ese día de marzo. Los gestos amables que cruzaba con Antonia; los recuerdo ahora como un llamado a luchar contra la inercia de mi silencio cobarde.

Sé que algo tengo que hacer. El asesino fue absuelto, es libre, y yo soy el verdadero preso ahora. Preso de mi culpabilidad, mientras ese asesino anda suelto; disfruta de un día más de trabajo.

Esta noche llegó la inspiración, inadvertida en un principio. En el balcón puse la radiola a sonar "Génesis" para ahogar los gritos de la tarde y el silencio que me agobian. Derramé latas de pintura roja desde todos los balcones que pude. El rojo se convertía en la sangre de Antonia. El edificio entero se vistió de ella y sangró hasta la calle.

En la mañana tocaron a mi puerta, la policía me detuvo por vandalismo y daños a la propiedad. Esposado me subieron a la patrulla donde alcanzo a ver el sol brillar sobre las letras que dejé. "**Antonia, asesinada por amar y los pueblos no perdonan**". Soy libre, logré mi obra maestra.

Datos Biográficos:

Nació el 22 de abril de 1949 y fue vecina del pueblo de Arecibo hasta que dispuso comenzar estudios superiores en la Universidad de Puerto Rico, Recinto de Río Piedras. Se describe a Antonia, "Toñita", como una joven sencilla, de temperamento suave y sensible ante la injusticia en todos los sentidos.

La estudiante de pedagogía cursaba su último año de bachillerato en un ambiente universitario de tensiones y lucha. El 4 de marzo de 1970 en medio de una huelga estudiantil para sacar al ROTC de la universidad, el presidente de la misma, Jaime Benítez ordenó la entrada de la fuerza de choque al recinto para enfrentar a los manifestantes, lo cual desencadenó en una confrontación violenta que se extendió a las avenidas Gándara y Ponce de León.

Frente al edificio donde se encontraba Antonia, policías golpeaban a un estudiante en el suelo, a lo que ella reaccionó gritando "asesinos". Uno de los policías apuntó a donde ella y le disparó. La muerte de Antonia quedó impune, ya que el policía que la asesinó fue protegido por el Estado.

El legado de Antonia Martínez Lagares se manifiesta, no solo en la conciencia de miles de puertorriqueños, sino también en la música de El Topo, Roy Brown y Andrés Jiménez. Igualmente se puede ver plasmado en murales a través de Puerto Rico y su muerte se ha convertido en símbolo mártir de la lucha estudiantil.

Iris Chacón
(1950 – presente)

1972: ¡*Peligrosa, fabulosa y con su movimiento, ella nos puede enloquecer...*!

Retumba la música que abre el *show* del cual chismearon indignadas en el estacionamiento de la parroquia el domingo pasado. La curiosidad me invita a que me asome a ver cuál es el motivo de todo el escándalo que provoca una joven para que al sacerdote le dé, casi un soponcio en plena homilía. Aparentemente, la pobre no cumple con el código de vestimenta para ser salvada.

De todas formas, no le eché un ojo, porque aún no acabo de cocinarle a Juan. Los pasados dieciséis años de casada son suficientes para entender que no habrá viernes en que él llegue sobrio y el moretón en mi cachete no ha desaparecido lo suficiente como para olvidarlo.

Al tapar la carne, la música tropical resuena aún más fuerte y me percato que la acompañan las carcajadas de Miguel, mi hijo de ocho años. Por un segundo se me olvidó el dolor del rostro y una sonrisa se hizo en mis labios, pero rápido recordé lo que habían dicho de la tal Iris.

Mi hijo no debería estar viendo ese programa. Me dirijo a quitarlo cuando me sorprende Miguel con la sonrisa más espectacular imaginable, mientras intentaba seguir la música trepado en mis plataformas.

Los ojos le brillaban y la risa le dejaba sin aire. Era tan hermosa que honestamente ni me molestó verlo en plataformas. Al menos alguien les estaba dando uso.

Mi corazón se contagió de su alegría, y no vi a Juan, parado al otro lado de la sala, ajumao' y con correa en mano...

A un mes de los correazos, al fin puedo ponerme pantalones. La tela de mahón ya no molesta al rozar las heridas. Lo que aún duele es el silencio tétrico que llena la casa. Me duele la expresión muerta en la cara de mi niño.

Es viernes y el *show* de la Iris está por comenzar. Pensé que me transportaría a ese día, a los gritos de Miguel, al ardor de la piel levantada por la correa, pero no es así. La música comienza y mis nervios no están alarmados. Siento la risa de mi hijo y mi corazón vuelve a llenarse, pero esta vez de coraje.

Hoy no me preocupa terminar de cocinar. Empaco un bulto de ropa y pienso... si la Iris es tan brava pa' menearse casi esnúa' frente a Reymundo y to' el mundo sin importarle lo que diga la gente, yo me atreveré a llevarme a mi nene y ser feliz.

1982: ¡*Ella es la reina del mundo y de mi corazón...*!

A mí nunca me ha gustado coger la guagua pública pa' llegar a los sitios, pero cuando practicas baloncesto seis días a la semana y tu mai' no tiene pa' comprarte un carro, no te queda de otra. Pa' colmo el calor que está haciendo me avisa que las doñitas que se me sientan casi encima van a estar extra pegajosas hoy.

La guagua llegó, y como predije no pasó mucho tiempo para que el olor a alcolado y perfume Maja me abofeteara. Las doñas se montaron. Nunca me molestó ese olor, pues escuchando a las doñitas hablar de las revistas me enteraba de to' lo que pasaba en el país.

Una me echa la bendición, la otra me tira piropos, y ninguna me da espacio personal. En esta ocasión el chisme que traen ha llegao' hasta los Estados. Estaba en boca de to' el mundo y con razón. La doña no para de hablar del anuncio de Iris con el famoso *Coolant*, mientras muestra la portada de la última edición de la revista "Artistas". El chofer no disimula su negligencia cuando trata de pegar los ojos a la revista en vez de a la calle. Se muerde el labio e imagina barbaridades con la Chacón.

La señora de la revista continúa escandalizada; "¡Ella, el marido, los que dirigen la televisión, los dueños del *coolant*, los encargados de la revista, tos' tienen que buscar de Dios!" Su amiga que siempre me había parecido imprudentemente sabia, le contestó. "Pero mija, si tiene el cuerpo y el valor pa' hacerlo, que lo haga. Si yo no tuviera las carnes guindando por culpa de parir los cinco manganzones de casa, yo también me trepaba encima del carro en tacas".

Le sonreí en apoyo por defender a Iris y en muestra de solidaridad por las historias que debían contar las "carnes caídas" de la doñita.

"Antes muerta que posando esnua' en ningún lao'. Eso es básicamente prostitución", insistió la otra. "Eso es libertad, mija. Así deberíamos andar to' el mundo con estas calores. Que no haya aire en las guaguas, eso sí no es de Dios". Insatisfecha y fanfarroneando se bajó la doña que se creía jueza del pueblo. No sin antes echarme la bendición y advertirme que no me fijara en títeras como esa. Yo acepté todo y me despedí rápido con tal de que se bajara de la guagua.

Tras ella se bajaron dos personas más, así que quedamos, mi doñita preferida y yo en la guagua. Se acercaba mi parada al pasar la cancha donde practicaba el equipo. Llegó el momento de bajarme.

Los nervios me comenzaban a devorar el estómago y las manos me empezaban a sudar. "¿Hoy es el gran día verdad?", me preguntó con disimulada emoción. El nudo en mi pecho no me dejó encontrar las palabras. Asentí con la cabeza, y el brillo en mis ojos delató mis lágrimas.

La guagua se detuvo en la Roosevelt, a unos cuantos pasos de los estudios de Telemundo. Respiré hondo y cabizbajo me bajé, pero el bulto se me enganchó del cinturón y se abrió.

Los esqueletos de mi *closet* cayeron al suelo. Sentí que todos mis miedos estaban a punto de estallar cuando la doña discreta y amorosamente me entregó las plataformas color esmeralda sin que el chofer las viera, casi le arranqué la mano para meterlas nuevamente en el bulto. Ella susurró, "Tranquilo que Iris no anda buscando bailarines tímidos".

Me guiñó un ojo y me echó una refrescante bendición. Caminé con la frente en alto. Los nervios ya desordenaban mi estómago y enfilé los pasos en dirección a las audiciones de baile de la heroína que salvó a mi madre hace diez años.

Datos Biográficos:

Iris Chacón nació el 7 de marzo de 1950, en la cuna del arte en Puerto Rico, Santurce. En sus años de preparación se desarrolló como bailarina de Ballet y Jazz. Comenzó en los años sesenta a hacer sus primeras apariciones en la televisión puertorriqueña. Sus formas de vestir y bailar llamaron la atención del público de Puerto Rico, retando las normas del momento histórico. Así cautivó a unos, y otros la condenaron activa e intensamente.

Su primer programa exclusivo llamado "El Show de Iris Chacón" acaparó las encuestas de popularidad de la isla por décadas y se expandió internacionalmente. Cónsono con su programa, lanzó álbumes musicales y participó de novelas, teatro y películas, las cuales la catapultaron a la esfera internacional, con especial auge en Estados Unidos, México y Venezuela.

Algunas apariciones destacadas lo fueron: El Show de David Letterman y Johnny Carson, su residencia en el Club Caribe Hilton de San Juan, su portada en la revista Wall Street Journal y su presentación en el Radio City Music Hall de Nueva York, siendo la primera mujer latina en presentarse en dicho escenario.

Además del aspecto artístico, su presencia y activismo por la población LGBT+ de Puerto Rico ha sido uno de sus legados más importantes.

Iris Chacón no solo es una vedette, es una artista puertorriqueña. Su trayectoria refleja la lucha de una mujer por romper con los esquemas sociales de una generación.

Sonia Sotomayor
(1954 – presente)

SALE

ÚLTIMA HORA

Mientras miro con poca esperanza la majestuosidad del Tribunal Supremo de Estados Unidos, de mi mente no salen el hombre y las dos mujeres de quienes mi vida depende. A mi lado Violeta Joglar, el amor de mi vida. Una activista feminista, maestra de arte y amante, a quien conocí en la playa *Steps* en Rincón en una de mis mil vacaciones en Puerto Rico. Por ella y por mí estoy aquí hoy. Hace años decidí unir mi vida a la suya, aunque este país decidiera que era ilegal. Que nuestro amor no era válido. Que amarnos estaba prohibido por ley.

Estoy de manos con mi abuelito. Es él quien me acompaña en este momento culminante. Aún recuerdo cuando le confesé que era lesbiana. Íbamos camino a casa un día de abril y cuando le confesé, se quedó en silencio. Puedo imaginar el choque con toda una vida de doctrinas que le fueron inculcadas. Lo puede sentir luchando por el amor profundo que sentía y siente por mí.

Muchos años después, frente a la casa de las leyes salió a exigir justicia para mí. Llevaba puesta una camiseta que leía *Love is Love.*

Antes de este momento mi vida ha sido similar a la lucha de un cangrejo en alguna playa repleta de la isla. Primero aprendí a esconderme en la arena para sobrevivir. Arena que fue reemplazada por mi *hoddie XL*, mis enormes espejuelos color marrón, mi cuarto en el Bronx y los brazos de mi abuelo Gregori.

Al salir de esas arenas, un mundo inmenso y aterrador, pero hermoso en muchos sentidos me esperaba. Me dediqué a resistir. En aquel mundo, no tan solo era puertorriqueña, razón suficiente para ser mirada en forma diferente y tratada con precaución. Ser mujer, me reservaba un papel secundario, intimidado y dictado por las maneras y pautas de cualquiera que sintiera tener potestad y autoridad para decidir. Fueron demasiados años escondida, mientras otros decidían en qué días y a cuáles horas yo podía ser feliz.

Mi cuarto a solas era el único lugar seguro. A mis dieciséis años, y con abuelo de cómplice decidí excavar hacia arriba, ser yo misma a pesar de la mirada aterradora de cada persona. Fui al AMC de Manhattan. Fui con Miranda, una chica de 17 años con una libertad de la cual yo no era capaz. Al entrar en la sala de cine un grupo de compañeros de la escuela me vio. Salí corriendo como si hubiese cometido un crimen. Afuera me esperaban los brazos abiertos de abuelo, en el McDonald's que quedaba en la misma calle.

Pienso en otra mujer, Sonia Sotomayor, de la cual no sólo dependo yo, sino millones de personas las cuales han sido reprimidas, pisoteadas e invalidadas toda la vida.

Me une a Sonia el ser puertorriqueñas y saber de primera mano lo que es vivir en un mundo donde no eres bienvenida. Muchos tienen que luchar el triple de fuerte a cada segundo para conseguir un espacio en este lugar. A todas nos cuesta muchas noches de sueño y tristezas inimaginables. Nos une el haber cargado con un estigma. Había muchos obstáculos para lograr lo que queríamos. Ella padecía de diabetes. Yo, una "condición" a la cual el DSM de psiquiatría llamó una enfermedad mental durante muchos años. Lo más hermoso que tenemos en común en este campo minado son su abuela y mi abuelo. Salimos de las mismas arenas y tras el peso de cientos de años de historia se encuentran nuestros destinos en sus hombros. Hoy la Corte Suprema decide si es constitucional o no el matrimonio entre personas del mismo sexo.

Decisión

Abuelito dice que en otra vida él era una *Drag Queen*. A eso le atribuye que en cada oportunidad que tiene se toma un *selfie* con alguna y lo pierdo de vista.

Violeta me detiene para que mire su celular. El mundo entero se paraliza. La decisión está tomada, cuatro jueces a favor del matrimonio igualitario, cuatro jueces en contra, solo faltaba Sonia por votar. En medio del silencio casi se escuchan los corazones de todos los presentes. En menos de un segundo sentí que salí de mi cuerpo y me miré desde arriba. Imágenes de todo lo vivido hasta llegar a este momento me asaltan. Todo lo que he sufrido por rebelde hace que mis ojos se llenen de lágrimas.

En un parpadeo la realidad se transforma. La gente alrededor comienza a brincar, a gritar y abrazarse. Cuando vuelvo los ojos veo a mi abuelo correr hacia mí con los brazos abiertos y entre lágrimas. Me abraza y dice a mi oído —¿Puedo ser yo quien te acompañe hasta el altar?

Sonia Sotomayor, con su voto a favor del matrimonio entre personas del mismo sexo, cambió el rumbo de mi historia para siempre.

Datos Biográficos

Sonia Sotomayor nació el 25 de junio de 1954 en el Bronx, New York, creció en una familia de escasos recursos. Su padre murió a sus nueve años y su madre trabajó y sacrificó mucho para proveerles una buena educación a sus dos hijos. Sotomayor logró llegar a estudiar en la Universidad de Princeton donde se graduó Summa Cum Laude y recibió el premio Pyne, el mayor honor que puede alcanzar un estudiante de bachillerato en Princeton. Mientras estudiaba se mantuvo activa en distintos grupos puertorriqueños como "Acción Puertorriqueña" y "Third World Center".

Continuó sus estudios graduados en la Universidad de Yale Law School, y para el 1980, ya estaba trabajando como asistente del fiscal de distrito, en Manhattan. Sotomayor trabajó casos de robos, asesinatos, brutalidad policiaca y pornografía infantil. En 1984, comenzó a trabajar con el sector privado donde fue muy exitosa. El 26 de mayo del 2009, luego de años de éxitos profesionales, el presidente Barack Obama anunció la nominación de Sotomayor como jueza de la Corte Suprema de Estados Unidos y en agosto de 2009, se convirtió en la primera latina en ocupar este puesto.

Como jueza de la Corte Suprema de E.U. fue pieza clave en dos momentos históricos, ayudando a mantener un plan médico accesible para toda familia y cuando tuvo el voto decisivo en la legalización del matrimonio de parejas del mismo sexo. Sotomayor continúa luchando por nosotros, trabajando con el corazón e impartiendo la justicia en estos tiempos que tanto la necesitamos.

Ednita Nazario
(1955 – presente)

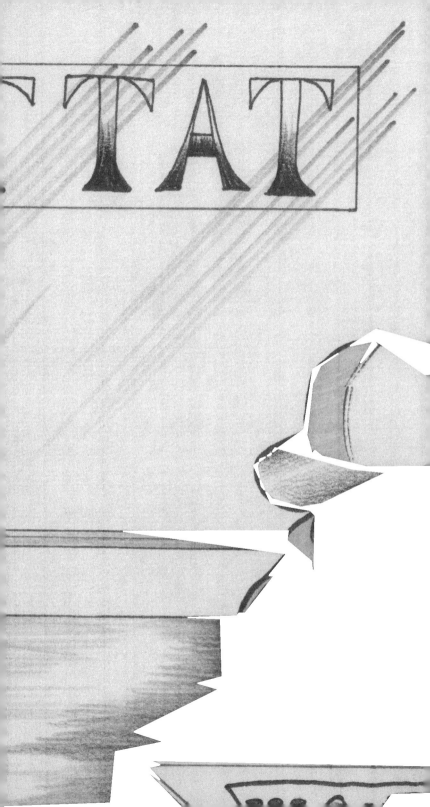

"Soy feliz. Siempre trato de serlo, aunque nunca me sentí suficiente. Suficientemente valiente, suficientemente guapa, capaz de socializar de manera natural. Sentía pánico al tener que hacer un informe oral en la escuela. Mis ojos se abrían enormes y un aguacero de "qué estás diciendo" y "se están riendo de ti" inundaba y obstruía el canal en donde mi mente y voz se hacen una. Lo único que escuchaba salir de mi boca eran respiraciones agitadas, palabras entrecortadas y sabrá Dios qué otras cosas. Invertí mucho diciéndome: "tienes que cambiar"; en odiar a muerte mi silueta y dedicándole horas de mis días a sacarle punta a cada defecto. Pensaba en si existiría alguien en el mundo que amara mi imperfección.

De camino a la graduación de octavo, me sentía más nerviosa que nunca. El rojo en mi rostro no podía ser más evidente. El calor que sentía en mis cachetes me dejó saber que mi cara delataba mi inseguridad. No sabía si les gustaría el traje que llevaba puesto. Por si las dudas, diré que me obligaron a ponérmelo o que es bien caro.

Tan pronto mi madre encendió la radio, mi mente descansó el resto del camino, sin darme cuenta susurraba una canción que me era ya familiar "*están lloviendo flores a tu alrededor, están lloviendo flores dentro de tu amor, el tiempo de los dioses es ahora, no dudes más, despierta dentro de ti, están lloviendo flores".*

Mami volteó a verme en la luz roja, me puso la mano en la cara y sonrió, —estoy orgullosa de ti —dijo, y continuó la marcha...

Recuerdo mi primer año en la universidad, el corazón palpitaba cada vez más enérgico. El cielo era más claro que el que veía desde casa. Tenía muchas ganas de hacer cosas nuevas, ganas de resurgir, recuperar mis años de aislamiento en ese nuevo espacio. No conocía a nadie, así que nadie recordaría mis días grises.

Una noche llegué a una barrita cerca del Paseo de Diego, casi por accidente. El bar era solitario, como un reflejo de mi existencia. ¿Cómo es que no hay nadie en este lugar?, pensé; porque sin duda era el sitio más lindo de Río Piedras. Era un espacio medio oscuro, adornado con muchas velitas y en la distancia, entre ellas, una mirada coqueta se asomaba.

Me senté y pretendí que el tequila era la rutina de mis jueves en la noche. ¡Qué muchas ganas de vivir teníamos! Río Piedras me abrazaba, la piel se me erizaba, me volvía a fallar poco a poco la garganta y la magia se adueñó del momento. En la bocina se escuchaba *"Más grande que grande, más cielo que el cielo, el amor es tanto que al final da miedo".* Me sentí segura, sensual.

El chico se acercó y me invitó a bailar *"abrazaditos como ángeles, volar, volar"...* conocí a Juan. Junto a él descubrí mi cuerpo, junto a él me conquisté, perdí la cordura, jugué a ser atrevida, volamos sobre el mundo...

Me casé con Pablo, ha pasado tanto tiempo, y ya no soy tan fuerte. Miles de noches se fugaron, otros brazos lo llamaron. Yo permanecí muda, y quieta. Aguanté por mis hijos.

Las circunstancias cambian cuando se tienen hijos. Respiré... mis hijos son todo para mí. Los sueños hicieron pausa. Una noche vino a quedarse, esa noche dije que "no"; una botella sirvió de custodio y mi boca cantó *"Aprenderé a estar sin sus caricias, a combatir, hasta volver a sonreír"*. Esa noche seguí cantando, *"aprenderé a vencer, sin nadie junto a mí"*; y ya no volví a esperarlo...

Mi vida cambió a los cuarenta y cinco años. Los altibajos de la vida me han hecho fuerte. La fuerza provenía de mi interior, me la había ganado la experiencia, y con ella decidí recuperar lo que era mío. Asimilar lo que hace tiempo había descuidado.

Bailé bajo la lluvia, hice karaoke, me enamoré más de un millón de veces, aprendí francés, viví en el extranjero, me paré frente a una turba de ignorantes a defender a una muchacha que estaba siendo hostigada. Alcancé la libertad.

Uno de tantos días me detuve y miré atrás. Esos momentos de mi vida que quise desechar eran indispensables. Entre el sonido de los árboles y el agua escuché *"hoy decidí echar el alma a andar, el cielo alcanzar y vivir, dueña de mí, alzo mi vuelo llego hasta el fin, de todo lo que me perdí"*. Sentí en ese momento su calor en mi cara. Miré adentro y encontré a mi madre y sus manos en mis cachetes. Me sonrió, no puedo explicarlo, pero estaba aquí, en mí y mirándome orgullosa."

Datos Biográficos:

Nació el 11 de abril de 1955, en Ponce; la Diva de Puerto Rico. Su llamado a la música comenzó desde pequeña cuando se paró en un escenario junto al grupo Nueva Ola. Muy pronto emprendió su camino a la grandeza con su primer disco y programa de televisión en Telemundo, por invitación del Príncipe Rainiero a presentarse en Mónaco, y una colaboración como compositora que la llevó a ganar el Festival OTI de la canción, con una interpretación por Rafael José.

En la década de los ochenta inició una nueva etapa para Ednita, interpretó temas que para el momento eran controversiales. Temas dirigidos a la mujer los cuales despertaron pasiones entre seguidores y otros grupos sociales.

Se suman a sus logros, los cuales continúan treinta años después, los premios: Billboard, Grammy a la Excelencia Musical, y su aparición en los escenarios de Broadway, así como su inmortalización en los paseos de la fama de México, Estados Unidos, Venezuela, España, Argentina, Panamá, Italia y Puerto Rico.

Más de veintiocho producciones musicales después, se consagró como la voz de la mujer puertorriqueña moderna. Sus canciones se convirtieron en himnos de apoderamiento, de acción y liberación femenina de generación a generación.

Al presente Ednita continúa haciendo música y poniendo el nombre de Puerto Rico en alto donde quiera que va.

Mayra Santos Febres
(1966-presente)

"Acabando de terminar de leer "Sirena Selena" no recuerdo las letras que repetí en mi mente, toda la historia y su final se han vuelto una imagen borrosa. Tan solo recuerdo lo que sentí al leerla: compasión, angustia, nostalgia. Una alegría y un orgullo que me llevó a explorar lo más intenso de mis sentimientos por mi nena, Mayra. Sus letras me han llevado a mundos que solo soñé y a solas me han hecho sollozar, pero no de tristeza sino de tantos años de ser la mujer dura, la mujer enérgica y soberana. Estoy cansada.

He aprendido tanto de ella. Me dediqué a enseñar por más de treinta años y me olvidé que me faltaba tanto por conocer.

Aún la recuerdo, con su libretita escondiéndose por ahí, anotando sentimientos, y yo sintiéndome tan feliz de que ella pudiera ser sensible y fuerte a la vez. Su habilidad para desnudar el corazón en páginas y atrapar a sus lectores siempre fue de gran asombro para mí. Espero haber podido expresárselo lo suficientemente claro para que perdone mis equivocaciones.

Pienso que en varios años no estaré aquí, sin duda me siento ligera. Las millones de experiencias que componen la historia de mi vida se empiezan a mezclar como pintura y unen fantasía y realidad. Una obra de arte, pero cada día más abstracta...

Un día rebusqué en mis memorias esa satisfacción que me causaba ver a Mayrita, chiquitita, llena de su mamá, hecha casi a su semejanza. El recorrido en mi cabeza continuó, y vi a esa maestra. No olvido darle las gracias por despertar a la gigante dormida, a la Van Gogh de las letras.

Camino ya un poco más cansada de tanto circular y comienzo a despertar en lo desconocido. Me rodean caras extrañas, y frente a mí veo el lugar donde di lo mejor de mi ser: una escuela. El tiempo entre una vivencia y otra pasa fugaz, y cada segundo se me escapa.

Veo a Mayra ya madura, y desesperada me toma las manos. Francamente ya no reconozco si es a ella o a mí a quien le tiemblan. Quizás sea a ambas. Recupera el aliento y sus pulmones se llenan del suficiente coraje para decirme que me fui del centro comercial donde estábamos, y que por horas me buscaron hasta llegar frente a esta escuela. Yo no recuerdo nada...

Doy vueltas en una casa hermosa. Cada cierto tiempo, un recuerdo nuevo me golpea como relámpago. Paso cerca de la primera bombilla que iluminó esta casa. Aquel día nos tiramos al suelo a gritar de emoción, ¡tenemos luz!

Miro, y en mis manos sostengo el traje de Fe Verdejo. Me sorprendo de las historias que esconden esas telas. No puedo detener las lágrimas, Mayra se me va para Cornell. A las Febres nada las detiene, no me cabe duda. Me asomo a su cuarto para despedirme y veo una hermosa intrusa acostada en su cama: "¿quién eres?", le grité con temor, "¿qué haces en la cama de mi hija?". "¡Soy yo, soy yo!", me respondió al momento, angustiada y afligida. Igual de aturdida que yo. Le pedí perdón, me creció en un momento y ni me di cuenta...

Mi nombre es Mariana, mi nombre es Mariana, repito tratando de que no se me deshaga la palabra. Siento que si lo olvido perderé mi esencia. No hablo mucho ya. Me detengo a admirar el mar de las palabras. Palabras que hoy tengo libres, dando vueltas en mi mente, todas, a la vez. Me acompañan en mi florido paseo por el mundo.

Por alguna razón esta fiesta interminable se siente como una despedida. Veo mi legado en su primer poemario, su primera novela, en su afán por la justicia, en su Pez de Vidrio, en su Festival de la Palabra. La única forma de admirar todo es aquí, desde esta silla, en silencio...

No recuerdo mi nombre... la hermosura de esta casa me es extraña. No despierta ningún recuerdo... Siento miedo... No veo a mi madre y necesito su abrazo, su vaivén, su calor. Una señora me acompaña día y noche; una señora negra, con cabellera de mil veranos. Su sonrisa lejana, sus manos igual de suaves a las de mami me acompañan llenas de amor melancólico. Un ángel, creo yo, me cuida. Abre mis caminos a una página en blanco, donde puedo descansar...

Datos Biográficos:

Mayra Santos Febres nació en Carolina, Puerto Rico, en 1966. Es considerada una de las escritoras puertorriqueñas más influyentes de esta generación.

Desde el año 1984 comenzó a publicar poemas en revistas y periódicos locales e internacionales. En el año 2000 publicó su primera novela titulada "Sirena Selena vestida de pena". Entre sus obras más destacadas se encuentran "Anamú y manigua", "Pez de vidrio", "Cualquier miércoles soy tuya" y "Nuestra señora de la noche", entre otras.

Entre sus premios se encuentran el premio de poesía de la revista Tríptico de Puerto Rico, en 1991; el premio Letras de Oro en 1994 y el premio Juan Rulfo de cuentos en 1996.

Hoy funge como catedrática en el Departamento de Humanidades de la Universidad de Puerto Rico Recinto de Río Piedras y como directora del Festival de la Palabra en Puerto Rico, del cual es creadora.

Tras el paso del Huracán María por Puerto Rico en el año 2017, Mayra, junto a un grupo de colaboradores llevó el Festival a las comunidades, ya que el evento oficial se tuvo que posponer. Durante esos meses visitó barrios y escuelas e impactó a miles de personas con letras sanadoras, de valor y esperanza.

Mónica Puig
(1993-presente)

La tarde del 13 de agosto de 2016, Puerto Rico tenía un aire diferente. Nada era como el día anterior. Nada sería como el día después. En los brazos y la raqueta de Mónica Puig descansaban los sueños y esperanzas de la primera medalla de oro en unas Olimpiadas. Cargaba en su espalda a un país en quiebra por causa del gobierno. Cargaba la desesperanza en el futuro de millones de puertorriqueños, unos todavía en el archipiélago, otros ya separados y en tierras lejanas, pero todos con una remota ilusión por el triunfo.

Narrador Olímpico: *The women's single final centercourse at the Olympic Tennis Center are here. The second ranked tennis player of the world, Angelique Kerber of Germany, is up against the unseated Monica Puig of Puerto Rico.*

Doña Elba en Vega Baja: Ok, muchachos, la comida esta *ready*. Ustedes se sirven porque yo estoy demasiado nerviosa. Se me quemaron un poco las chuletas, pero están ricas como quiera.

Carlos Pérez en Farmacéutica de Barceloneta: Sandra, yo no sé qué tú vas a hacer, pero yo me voy a meter a uno de los cubículos del baño a ver el juego y si puedes cúbreme con el jefe, yo te envío lo que esté pasando por *text*.

Rebeca en el Hospital de Niños de San Juan: Mami, ¿me puedes pasar mi raqueta y la sábana?, tengo frío. Acuérdate de lo que me prometiste si Mónica gana, cuando me cure, me pones en clases de tenis, ¿sí?

Periódico deportivo de España: La puertorriqueña Mónica Puig es una presa asequible, una jugadora con apenas palmares.

Narrador Olímpico: *She goes aiming to be her country's first gold medallist at an Olympic Game. She's up to a heavy start, Angelique Kerber breaks her serve at the first game.*

Titi Tita: ¡Ay, ya perdimos! Empezó mal. Yo no puedo ver esto, me va a dar un mareo aquí mismo. Me siento como cuando Marisol Malaret estaba compitiendo. ¡Juan, cógeme la presión por favor!

Titi Bruni en la Placita de Santurce: Yo espero que no se cague como todos estos que tienen el potencial, pero su autoestima baja y a la hora de la verdad se desmoralizan.

¡Dame otra Medalla!... ¿Cuatro pesos?, pa'eso voy para Río Piedras que están a $1.25.

Providencia en Hato Rey: Espera nena que ella está calentando, deja que caliente que tú vas a ver cómo los huevos se ponen a peseta.

Narrador Olímpico: *Monica returned the favor in the second game. Kerber is serving to stay in the serve... the set is 5-4... Monica saw her opportunity and she took it... First set for the Puerto Rican.*

Señora Matilde en Jayuya: Pues, no sabré lo que pasó, pero si ella grita, yo grito. ¿Se acabó el juego? ¿Ganó? No importa. Seguimos entonces: ¡Yo soy boricua! ¡Pa' que tú lo sepas!

Monica Puig luego de ganar el set: ¡Vamos!

Narrador Olímpico: *Puig is waiting for the second set as Angelique Kerber seeks treatment for an injury.*

Valencia Oppenheimer en Miramar: ¡Ay, mira a la alemana haciendo *show* pa' descansar!, ¡así es un mamey!, ¡no puede con el empuje!, ¡no puede con el empuje!... ¿Me escuché bien come fuego de la *iupi*, verdad? ¡Qué vergüenza! *Anyway...* ¿Después de aquí nos vamos para Mall of San Juan, verdad?

Narrador Olímpico: *Kerber has returned to the court with renewed enthusiasm, taking the first games. This is a battle and the German takes the second set 6-4.*

Ricky Martin en Twitter: ¡Eres una diosa! Eres una diosa.

Leonor en Miami: Ya perdimos *full.* Me voy a dormir, no me importa que sean las cinco P.M., no puedo con la tensión. Bueno si me das una *klono*, me quedo...

Sonia at Mall of San Juan: ¿Cerramos la tienda? Aquí no hay un alma desde que empezó el juego ese.

Narrador Olímpico: *It looks like this is going to be a battle down to the final game... Here's the 4th match point.*

Doña Letty en el Home at Parkville: Si esta nena gana te juro que me arranco la bata esta y salgo en *panties* a celebrar, no me importa si la *Sister* me pone a rezar cien padres nuestros.

Abuelita Ingrid: Mi amor, llama a la funeraria que yo no paso de hoy, este juego me va a matar.

Narrador Olímpico: *And this is the match point! If Puig scores, she will take the gold!*

Rocío desde Culebra: Apriétame la mano, ahora es...

Damián mirando a Guillermo: ¡No puedo ver, mano!

Narrador Olímpico: *Kerber is fighting for it! She's blocking every attempt from Puig.*

Lourdes desde la escuela: ¡Noooo! ¡Tú puedes Mónica!

Narrador Olímpico: *Wait... here it comes...*

Familia de Mónica: ¡Vamos! ¡Vamos!

Narrador Olímpico: ¡*Oh My God*!

Pueblo de Vieques: Gritos indistinguibles.

Reportera en periódico Metro: ¿Qué pasó? ¡No puede ser!

Narrador Olímpico: *That's the match point! Monica Puig takes the final set 6-1 to claim the first ever olympic gold medal for Puerto Rico.*

Doña Marta llorando: Llevo esperando este momento desde 1935... esto es para ti Rebekah Colberg, y para Angelita Lynn...

Periódico deportivo de España: No podemos hacer otra cosa que quitarnos el sombrero ante la verdugo de Muguruza. No nos cansaremos de pedir disculpas.

Ednita Nazario: Gracias campeona, por las lágrimas de felicidad.

Residente: La historia te persigue porque la convertiste en sombra. Acá los coquíes ya comenzaron a celebrar.

Jennifer López: *You did it! The first and only!* #girlpower

Narrador Olímpico: *The bronce medal goes to the Czech Republic with Petra Kvitova. Angelique Kerber of Germany takes the silver while Monica Puig completes an incredible tournament to seal gold for Puerto Rico.*

Por primera vez en la historia, en unos juegos olímpicos, sonó la Borinqueña...

Datos Biográficos:

Nació el 27 de septiembre de 1993, en San Juan, Puerto Rico. Desde muy pequeña se mudó a Miami. Esto nunca evitó que volviera cada verano que podía a la Isla y mantuviera su conexión con ella más allá de la distancia.

Comenzó a jugar tenis a los seis años y practicó hasta que a los diecisiete años se convirtió en profesional. Desde entonces participó de múltiples torneos de la Women's Tennis Association, en donde llegó a clasificar entre las mejores treinta del mundo.

Entre sus torneos más sobresalientes se encuentran los de Luxemburgo y Sídney, en donde quedó finalista, y el de Estrasburgo, en el cual resultó campeona. También fue campeona centroamericana y del Caribe en 2010 y subcampeona en Guadalajara 2011.

Más de medio siglo después de que Puerto Rico comenzará su trayectoria olímpica en Londres 1948, Mónica Puig se convierte en la primera persona, hombre o mujer, en ganar medalla de oro para Puerto Rico.

El 13 de agosto de 2016, ante Angelique Kerber, primera clasificada del mundo, y ante el mundo entero, en Río de Janeiro sonó La Borinqueña.

Actualmente, Mónica Puig continúa representando a Puerto Rico en la WTA y en torneos a nivel mundial. En su tiempo libre, cursa por correspondencia un bachillerato en Psicología de la Universidad de Indiana East.

Índice:

Brito · Rodríguez